魔豆

魔豆

琉璃仙子

03

香草——著

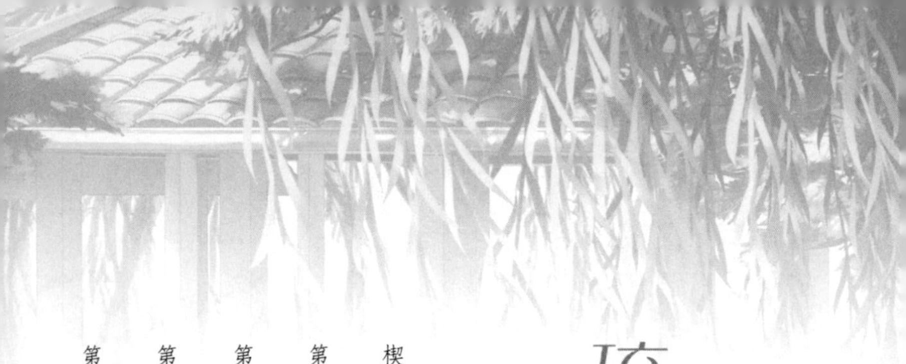

琉璃仙子 03

目錄

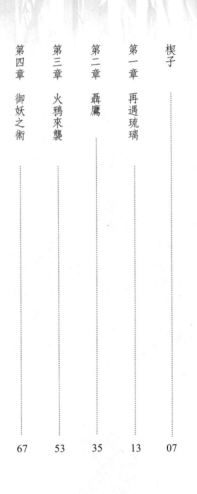

宋仁書
二十歲，花月國丞相。
文雅聰穎，但生活上有
些小迷糊，須人照料。
白銀
十七歲白家莊少主。
雖一副吊兒郎當的模樣，
卻意外地可靠。
琉璃
芳齡十五的俏皮少女。
個性開朗活潑、聰明細
心；身分是一團謎。

左煒天
二十四歲，左將軍。
豪邁且不拘小節，一身陽剛氣息。
祐正風
二十四歲，右將軍。
風度翩翩的儒將，溫和穩重。
姚詩雅
芳齡十六。
下任神子之一。
文雅婉約，讓人很想呵護。
葉天維
二十三歲。
性情冰冷，卻獨對詩雅非常溫柔。
琉璃仙子
人物介紹

楔子

相傳世間由佟氏一族統治時，大地上蟲物橫行、烈陽曝照大地，人民只能像世上最卑微的螻蟻般，仰賴佟氏的庇護而活。

直至落花仙子降世，創造出富沃的大地、湖泊與浮雲，劃分出日與夜，更取代了佟氏一族這個殘酷無比的政權。

失去了烈陽的煎熬，新的氣候逐漸形成。東暖、南炎、西涼、北寒。

愛花的落花仙子花月兒，更爲四方特別創造出深具代表性的美麗花兒。

東爲櫻、南爲蓮、西爲菊、北爲梅。

從此，這四種花便各自長滿東南西北四個地區，更成爲了該區域的象徵標記。

西方，無數菊花猶如爭奇鬥艷的少女般爭相盛放著，形成一片七彩繽紛的美麗花海。

四種象徵各區域的花朵中，菊花的顏色與種類是最多的。而且無論是高山還是平地，甚至是岩石間的小狹縫，也能長出這種生命力頑強的花朵。

一名俊美的男子於花海中席地而坐，隨意悠閒的姿態卻無損他那身高貴的氣質。舉手投足間充滿了氣度，彷彿男子並不是坐在地上，而是安坐於華麗的餐桌上優雅地品茗一般。

隨手折了朵帝王菊，這種金黃色的菊花外形呈球狀，由於顏色明亮高貴，故有「菊中王者」的美譽。

若是神子一行人在場，他們對這名男子必定不會陌生。他自稱姓王，種種跡象卻顯示此人也許與滅亡的前朝王族——佟氏一族有所關聯。

這位王公子爲人陰險、處事從不張揚，可是只要有心調查，便會發現這人與逸嫣然一樣，有大事發生時，總會出現此人的身影！

尤其是姚府的殞落，這位王公子絕對有著無法推卸的責任！

此刻，王公子正漫不經心地緩緩轉動手中的帝王菊，隨著男子的動作，鮮艷嬌嫩的花兒竟以肉眼可見的速度迅速枯萎！

最終王公子拈住花莖的手指輕輕鬆開，枯萎的花朵便化為飛灰，瞬間散沒在風中。

「哎呀，少爺，你在想什麼想得這樣入神？把好好的一朵菊中王者給糟蹋了。」嬌柔的少女嗓音從後響起，抱怨的語氣下卻有著一絲撒嬌的味道。

王公子抬起那雙深邃的眼眸，仰首看向身後說話的人兒。那是個長相清麗的小姑娘，骨子裡卻透露著這個年紀的少女所沒有的嫵媚。雖說不上是絕色美人，可是同時身具青澀與成熟的氣質，讓她有一種獨特的風韻。

那是張與琉璃一模一樣的臉龐，若不是眼前少女少了幾分聰敏機伶、多了幾分斯文溫婉，只怕即使是最熟悉她們的人，也會將二人搞混，分不清楚到底誰是誰。

毫不在意少女那半真半假的抱怨，王公子淡淡地說道：「妳自己知道自己的事情。最近妳闖了不少禍，現在有不少人都在找妳，別輕易露出本相，姚樂雅。」

誰是琉璃、誰又是姚樂雅？又或者，她們眞的是不同的兩個人嗎？

被王公子稱爲姚樂雅的少女聞言後嫣然一笑：「眞意外呢！想不到你也會說出關心別人的話。」

看到王公子皺了皺眉，似乎並不喜歡別人窺視他的想法，姚樂雅也就識趣地不再說什麼。只見她緩步往前，坐在男子身旁，就在少女舉步的同時，那張清麗的臉竟然瞬間變得模糊起來。當她坐在王公子身旁的時候，略帶青澀的臉蛋已變成了一張柔美的少婦臉龐！

如此斯文婉約、風韻撩人的佳人，不是逸明堡堡主的女兒逸嫣然是誰了!?

逸嫣然似乎並不覺得自己轉變容貌的舉動有多驚人，漫不經心地撥弄著淡雅的黃色裙襬，道：「抱歉，姚詩雅忽然返回姚家，那個人……那個人也從中作梗，揭穿了我在井水下毒。她可說是我的天敵，比擁有一半神力的姚詩雅還要棘手；而且現在仍未到與他們硬碰硬的時候，因此我便先回來了。」

對於逸嫣然剛才的驚人轉變，王公子彷彿早已習以爲常，逕自說道：「沒關係，不論是金錢還是人脈，反正該拿的我們一樣也沒少拿。此刻的姚家已經名存實亡，待我取回王權後，妳還怕沒有機會對付他們嗎？」

頓了頓，王公子那雙溫柔無害得能讓人沉溺進去、實則在深處卻冰冷無比的深邃雙眸，總算閃過一絲溫暖的神色，道：「就像我曾經說過的，妳的仇恨就是我的仇恨，我會幫妳的……姚樂雅。」

聞言，逸嫣然輕咬唇瓣，彷彿在忍耐著什麼痛苦似地輕閉雙目，良久才低聲說道：「別再喚我這個名字了。」

王公子勾起女子低垂的下巴，以不容對方逃避的口吻咄咄逼人地追問：「那我該怎樣稱呼妳？逸堡主的獨生女逸嫣然、姚家三小姐姚樂雅、王公子的妹妹王晴……光是我所知道的，已有十多個不同的身分，哪一個才是妳眞正的名字？」

倔強地把臉別開，逸嫣然冷冷答道：「我忘了。」

第一章　再遇琉璃

那種故意讓大家追上去戲耍一番後，再甩掉的惡作劇心思，我能肯定她絕對是小琉璃無疑！

就在王公子與逸嫣然討論著後續計畫的同時，數名引人注目的年輕旅客正緩步進入這個盛產帝王菊的城鎮。

這支一行六人的小團體之所以惹人注目，除了因爲在西方清涼的天氣下，他們身上仍舊穿著東方特有的那種雅致卻單薄的衣飾外，還有的便是這群年輕人皆相貌堂堂，男的俊俏、女的秀麗，令四周的路人忍不住多看幾眼。

秋風鎮的位置已算是深入西方，氣溫雖不如大雪紛飛的北方嚴寒，可是在這清涼乾爽的氣候下，一個不愼還是很容易著涼。從外地而來的旅客，在進入城鎮前早已換上了西方服飾，鮮少像這群年輕人一樣穿得那麼單薄。

何況這一團的成員也獨特得很，走在前頭的是名一臉漫不經心神情、年紀還只能算是個大孩子的少年。往後一點的卻是兩名給人截然不同感覺的劍客，右邊的青年穩重溫和，而左邊的則是冰冷剽悍的劍客。

隊伍最後頭的，卻是一名揹著大刀的年輕俠客，以及一名俊秀無比的書生！

最前頭那名拋著銅錢、看起來吊兒郎當的少年也罷了，可是那明擺著是書生的青年不留在家裡，跟著一群劍客來幹什麼？

若說一名書生混在劍客之中顯得格格不入，那麼處於團隊正中央、被五名男子眾星拱月般保護著的秀麗少女，她的存在就顯得更爲詭異了。

看那名少女細皮嫩肉、嬌怯怯像個初次出門的千金小姐，明眼人一看便知道她根本就不是那些四海爲家的江湖兒女。那顧盼生姿間優雅高貴的氣度，更絕不是那些上不了檯面的青樓女子。

吊兒郎當的少年、神態與氣度各異的劍客、手無縛雞之力的清秀書生、嬌怯美麗的千金小姐……如此怪異的組合，又怎能讓路過的行人不對他們產生無比的好奇與興趣呢？

這群惹人注目的年輕人正是神子一行人，從姚紫雅口中得知當年姚老夫人派人暗害姚樂雅母女的經過後，他們便連夜趕往當年那位被老夫人收買、做假證供的客棧老闆身處的秋風鎮。深怕走遲一步，那位張老闆張成，便被幕後黑手滅門了。

「冷冷冷……我快要冷死了……」年輕書生的嘴巴正小聲地喃喃自語，若旁人仔細一聽，便會驚訝地發現他掛在嘴邊的，並不是書生最愛的之乎者也，而是重複又重複地不停喊冷。

「閉嘴！」受不了宋仁書的囉唆，左煒天不耐煩地皺起了眉，道：「衣物既然被毀了也沒法子。現在已到達城鎮，你就不能稍微忍耐一會兒嗎？看看神……看看姚姑娘也沒有喊冷，你一個大男人好意思喊得鬼哭神號的!?」提到「神子」二字時，左煒天及時想起姚詩雅說過步入秋風鎮後要隱藏身分，慌忙把脫口而出的「神子」更換成「姚姑娘」。

「那怎能相提並論？姚姑娘有葉兄的真氣禦寒，可憐我的兄弟卻是個冷血的，只會對我冷嘲熱諷。」宋仁書理直氣壯地反駁。

「哦？你這樣說，是暗示我像葉兄般上前拖你的手嗎？我倒是無所謂……」左將軍一臉戲謔地說道。

「死也不要！」

「……那就給我閉嘴！」

自從姚家沒落以後，原本沉寂一段時間的暗殺行動再次重出江湖。但經過先前損兵折將的經驗後，他們都學聰明了，開始不停變換方式，明的不行來暗的，暗的不行便來陰的，實在令人防不勝防、不勝其擾。

這次的西方之行，眾人原本在出發前早就準備了適合西方清涼氣候的衣物。偏偏這些衣服連同財物，全都在一次暗殺者的縱火中被燒燬殆盡。

那場大火來得突然，足足燒掉了半座山頭才熄滅。要不是眾人及時逃跑，只怕早已葬身火海。

雖說沒有人傷亡，但如此一來，他們便只得穿著單薄的東方衣服繼續旅行。幸好當時他們所在位置離秋風鎮已不遠，加上在森林也能打點野兔、山雞什麼的當晚飯，眾人一路上倒也沒有餓著，不過也足夠狼狽了。

到達秋風鎮後，風塵僕僕的眾人直接前往張府。然而在快到達張府時，姚詩雅卻看著一名路過的青年呆呆發怔。

「詩雅？」大多注意力都放在戀人身上的葉天維，率先察覺到神子的異常。

隨即眾人聞言也停下步伐，好奇地詢問：「怎麼了？是姚姑娘認識的人嗎？」

此時，那名青年也察覺到眾人的視線，回首往神子等人看去。

對方容貌普通，單以相貌而論，屬於那種混在路人中完全不起眼的類型。可是當他看過來時，眾人才發現對方有著一雙很美的眼睛。青年的眼眸深邃，眼神充滿著情感。

那是雙會說話的眼睛。

看到對方的雙眼，姚詩雅終於像確定了什麼似地向青年走去，略帶激動地呼喚：「張大哥！」

聽到姚詩雅的呼喚，青年愣了愣，隨即驚訝又不確定地詢問：「詩雅？」

□

「呼～總算活過來了！」茶樓中，宋仁書換過一身適合當地氣候的衣服，吃飽喝足地露出了幸福無比的神情。

從不放過任何嘲諷對方的機會，左煒天立即撇了撇嘴，道：「所以說百無一用是書生，文人就是嬌生慣養。想我們在邊境與鬼族大戰時，處境可比你所經歷的艱苦得多了。」

「你也懂得說那是在打仗的時候，可現在我們既不是在邊境的荒涼之地，也不是在戰鬥中，在本質與意義上都有很大的差異，根本就不能混爲一談，懂不懂？野蠻人！」宋仁書一向嘴巴不饒人，當下立即反擊。

「誰是野蠻人了!?你這個小白臉！」

「誣衊本公子是小白臉，你果然是在嫉妒在下的文雅與英俊啊……可是你還是死心吧！憑你這點頭腦與氣質，再過一百年你的水準還是這個樣子，野蠻人！」悠閒地喝了口茶，宋仁書那張嘴確實厲害，幾乎要把左將軍活活氣死了。

只見左煒天一張輪廓分明、充滿陽剛氣息的臉被氣得通紅，卻又偏偏拿對方無可奈何。

嘲諷回去嗎？他的口才沒人家好，再說下去也只會自取其辱。

動手？先不說宋仁書這個孱弱的書生會不會被他一掌拍死……要是動手動腳，那不是正好符合了宋仁書的「野蠻人」一說嗎？以對方的性格，不抓住他這個把柄打蛇隨棍上才有鬼！

姚詩雅等人早已習慣二人說不到兩句便忍不住針鋒相對的奇特友誼，看他們對罵得精彩，也就一個個捧著熱茶，看得興高采烈。雖然宋仁書二人看起來都是一副被對方激得怒髮衝冠的樣子，可是眾人都明白他們只是鬧著玩來打發時間而已，彼此沒有眞的把對方的話放在心上。

然而這卻苦了陪同眾人用膳的張雨陽，只見青年看得都愣了，其他人卻又一副若無其事的模樣繼續品茗，害他也不知該上前勸架，還是學身邊的人在旁看好戲。

「張兄不用在意，他們素來都是這個樣子的，習慣就好。」看到張雨陽坐立不安的神情，白銀笑嘻嘻地安慰道。

「這次眞的很感謝張大哥仗義幫忙，不然我們還眞的不知道怎麼辦才好。」姚詩雅向青年微笑著行了一禮。雖說張、姚兩家在生意上一直保持著合作關係，可是現在的姚家卻已今非昔比。

在王公子的操作下，所有姚家名下的分號早已在不知不覺中被虧空，現在已全部結束營業。因此張雨陽的幫忙並不涉及任何利益，單純因為往日情誼。

當年張家父子曾住在姚府好一段日子，小時候姚詩雅與張雨陽非常投緣，甚至親如兄妹。可惜後來張家父子搬離姚家後，二人便再也沒見過面。

葉天維小時候也曾與張雨陽有過數面之緣，只是當時張雨陽身體孱弱，很少四處走動，因此兩人的交往並不多。再加上葉天維本就是冷漠的性子，並沒有興趣多了解這個寄住在姚家養病的孩子。這也是為什麼在街上偶遇時，只有姚詩雅能認出對方。

姚詩雅求助時並沒有亮出神子的身分，面對阮囊羞澀的姚家二小姐，張雨陽對少女的態度卻一如往日。聽到姚詩雅向他詐稱遇劫後，更是二話不說地出手相助，甚至主動邀請眾人到張府暫住。

正所謂錦上添花易、雪中送炭難。別的不說，光是這份仁義之心，便可見張雨陽這個青年心性純良，值得結交。

而這名年輕人的父親張成，卻在十年前被姚老夫人收買，做出了虛假的證詞！張家，是至今少有涉及當年事情，卻還倖存的家族。

眾多在當年做僞證的人，最終連同整個家族被滅門了。除了姚府僥倖逃過一劫外，那些家族皆不留一個活口。

從中可看出，若姚樂雅眞是鐵了心要報仇的話，那就絕不會遺漏任何一人！因此姚詩雅早就打定主意，要留在張家守株待兔。

也許當年參與事件的張成眞的該死，可是張家上下數百口人卻是無辜的！身旁這名眞心眞意招待他們、心地善良的青年，更可能對當年的命案毫不知情。

姚詩雅早已立定決心，這次無論如何也要保住張家，絕不讓姚樂雅一錯再錯！

張家是引出姚樂雅的絕佳魚餌，這段期間神子一行人是賴定張家了。他們早就打定主意要找個藉口留在那裡白吃白住，直至把那條妄圖吃下張家的大魚釣出來爲止。

結果現在倒好，眾人在最爲狼狽時偶遇張雨陽，完全不用多費心思，便獲得青年的主動邀請，也算是因禍得福了。

「詩雅妹妹妳太客氣了。我們張家以前也是窮苦出身，很明白囊空如洗的難處。何況不說我們二人的交情，我還領受了姚家的大恩。當年若不是姚老夫人替我找名醫治病，只怕我早已死了，哪還有幸坐在這兒與大家一起品茗呢？」

從姚紫雅口中知曉當年的事情始末，也猜到青年對於當年的事情一無所知。

據姚紫雅所說，當年姚夫人以病重的張雨陽作籌碼，迫使張成幫忙作證。聽說張成爲人正直善良，要不是事關兒子性命，絕對不會妥協。一向行事光明磊落的人幹出違背良心的事情，這顯然比慣常幹出這種事情的小人痛苦得多。張老爺心中有所愧疚，當然無法把眞相告訴兒子，只好把姚家的舉動合理化及美化起來，這才出現了張雨陽剛才的說法。

白銀裝作毫不知情般地好奇詢問：「竟有此事？卻不知張兄能否說得詳盡一

點？」

「大約是十年前的事情了吧，當年疫症橫行，娘親不幸病逝，年幼的我也身染惡疾。父親花盡一生積蓄也無法治好我的病，只能勉強維持著我的一口氣。後來得姚老夫人幫忙，不單介紹了一名神醫治好我的病，更借了一筆資金給父親做生意，我們張家才能擁有現在的成就。」

張雨陽說著說著，陷入了回憶之中，卻沒有發現眾人在聽到他的敘述後，皆露出若有所思的神情。

良久，姚詩雅這才找回自己的嗓音，在張雨陽感激的眼神下，強行扯出笑容，道：「這也算不上是什麼恩情，那是張大哥福大命大，才能戰勝病魔。」

青年愈是感激，姚詩雅便愈是感到羞恥心虛，同時卻又更加重了她想要保住張家的決心。

「我們打算在秋風鎮停留一段時間，最近西方有沒有發生什麼特別的事情？」祐正風向張雨陽打聽道。

祐正風這番話雖然詢問得頗爲突兀，可倒也算是情理之內，並沒有讓張雨陽起疑，道：「說起來，最近鬼族安靜得過分。秋風鎮位近國界，往常不時便有鬼族前來鬧事。可是最近半年鬼族卻忽然安分了，更從未再侵入國界半步，眞是奇怪。」

雖然祐正風此番詢問，實是想試探一下張家有沒有遇上任何麻煩，從而探聽對方是否已被盯上。然而張雨陽卻誤以爲祐正風想要知道鬼族的動向，因此一番話下來的重點，卻是著眼在鬼族身上。

聽到青年的話，朝廷三人組不禁交換了訝異的眼神。老實說，近來鬼族眞的太安靜了，安分得要不是張雨陽提起，他們根本就把這個敵對多年的敵人忘掉了！

說到人類與鬼族的交惡，其實當中存在一個頗爲有趣的傳說。

相傳於遠古時候，佟氏一族仍未控制大地，人民生活環境雖惡劣，但仍在能忍受的程度。人和鬼本是天神所創造的最初一對兄弟，卻不知怎地，兩房人傷了和氣，天天鬧著分家。不單爲此吵鬧不休，甚至還大打出手，差點兒鬧出人命。

天神知道此事後大怒，問他們想要什麼。鬼說想要所有水塘，人卻說想要流水經過的地方。

此後人得到了清水流過的平地，鬼卻只分得靜止的水塘。

貪婪的鬼不服氣，再度要求天神賜給他所有草木之地，人卻只要求灰和糠所覆蓋的地方。天神恩准以後，人放了一把火把草木燒燬，只留下滿山遍野的草木灰燼。從此以後人類居住於豐潤的土地，鬼卻只能遷居在草木不生的荒野。

姑且不論傳說的眞僞，至少兩族的交惡早就不是這一、兩天，甚至一、兩年的事情了。位居在荒漠的鬼族從未停止侵略花月國的野心，可是在上任神子紫霞仙子被擄走以後，人質在手的鬼王反倒放棄了大好優勢不用，停止了侵略舉動，實在讓眾人百思不得其解。

除了張雨陽，所有人在提及鬼族的話題時，全都不約而同地把視線投往葉天維身上。

雖然這名孤傲的男子從來不說，可是從各種蛛絲馬跡來看，葉天維那位神祕的師父，只怕正正就是他們所談論著的鬼王。即使不是，葉天維那種獨步天下的劍法也必定與鬼王有著不淺的關係。

祐正風與宋仁書甚至曾猜想過，同為花月國之敵，鬼族也許早與佟氏一族結盟，而葉天維與琉璃正是他們安插於神子身邊的棋子。只是一來沒有證據；二來礙於姚詩雅對青年一往情深，因此他們才沒有把話說得太白，以免神子左右為難。

至少從他們的觀察所得，葉天維是真的很喜歡姚詩雅，寶貝得不得了。

眾人等待葉天維解惑的眼神很炙熱，可是以青年的冷傲性格，即使他們的眼神再凌厲一百倍，大爺不說就是不說。偏偏這之中，卻有著一雙清澈嬌怯、彷如小鹿般純真的眼眸。面對戀人期盼又好奇的詢問視線，葉天維拒絕的話語硬生生卡在喉嚨內，就是說不出口。

看到葉天維千變萬化的神情，白銀等人不得不慨嘆這個世上果真是一物制一物。姚詩雅性子溫柔婉約，卻正正就是這名孤傲無情男子的剋星。

神子英明啊！

受不了戀人期盼的目光，葉天維最終還是敗下陣來，道：「師命難違，請恕在下無法洩露師尊的身分。然而我卻能保證一句，現任鬼王在位之年，鬼族會退至荒漠的中心地帶，絕不侵犯花月國領土一分一毫！」

聞言，宋仁書的瞳孔猛然收縮。葉天維雖沒有明言，可是青年既能做出如此保證，不只證實了他與鬼王的關係，更印證了宋才子一直以來的猜測！

紫霞仙子她……是心甘情願跟隨鬼王離開的！

宋仁書是眾人中事發時唯一在場的人，聰敏的他早就察覺出不對勁之處。無論是左右將軍的遷調、鬼王的出現，以及紫霞仙子的反應，於宋才子看來，怎樣也有種被人耍著玩的感覺……

果然是被耍了！這一切根本就是紫霞仙子編排的一場好戲！

宋仁書此刻簡直有種想要跪下來的衝動。我的姑奶奶啊！把所有人耍著玩很有趣嗎？妳要私奔我不阻止，好歹也把神力好好傳承後才私奔嘛！

何況妳也不是不知道左大將軍對神子大人妳的情意吧？妳不喜歡他不要緊，卻偏偏看上了鬼族之王，難道不知道那二人俱是恨不得把對方殺之而後快的死敵嗎!?

一想到左煒天知道眞相後的反應，宋仁書就連想死的心情都有了。

宋仁書於內心吶喊不已的同時，祐正風則是略帶苦惱地皺起了眉。雖然青年心細如塵，但終究當時人遠在千里之外，因此雖覺得鬼族的動向怪怪的，卻沒有往「私奔」這個驚悚的方向想去。只是逕自沉思起來，猜測著鬼王此番決定的原因。

至於白家莊少莊主白銀，卻是一臉無所謂地喝著茶，老神在在的樣子。

左煒天則是很乾脆地叫嚷道：「哼！鬼王這個卑鄙小人，別以爲這樣事情便結束了！待此刻的事情完滿解決以後，我定會到荒漠好好拜訪一下，並把紫霞仙子接回花月國的！」

張雨陽看了看這個，再看了看那個，實在不明白爲什麼葉天維說出這段話以後，眾人露出的神情會有那麼大的差距。

就在眾人言談間，姚詩雅不經意地看出窗外，一道纖細的倩影映入她的眼簾。

「是琉璃姑娘！」姚詩雅驚呼了聲，便慌慌張張地想要追上去。祐正風等人循著神子的眼光看過去時已看不到人影，但聞言俱是神色一變，白銀更是「咻」地一聲便不見蹤影，竟是使出輕功追過去了。

隨即葉天維也不甘示弱地使出高明的輕功身法，一個起落掠至姚詩雅身旁。手一抄，攔腰抱起少女，便如流星般消失不見。

此時眾人也反應過來，不約而同地使出輕功追去。然而左煒天才剛踏出腳步，便被坐在旁邊的宋仁書眼明手快地抓住了衣襬。最終掙脫不了的左將軍，只好鬱悶地把他帶上。然而左煒天的動作卻絲毫不如葉天維般溫柔，竟是把青年當作沙包似地，頭向下地扛在肩膀上……

一時間人去樓空，只剩下張雨陽愣坐了好一會兒才清醒過來。青年也沒時間喚店小二結帳了，急急放下銀兩便趕過去看熱鬧。

雖然張雨陽只是名尋常的商家之子，但小時候生了一場大病差點夭折，爲了讓他強身健體，張成特意聘請頗有名望的武林前輩教授兒子武功。可惜張雨陽在武學上的天賦並不高，至今也只學懂一些粗略的拳腳功夫。

張雨陽踏出茶樓，立即便失去了眾人的蹤影，這讓青年不禁露出了又是驚訝又是佩服的神情。雖然他確實在茶樓發愣了數秒才追上來，可是葉天維與左煒天可各自帶上一個人，竟然能夠瞬間便不見人影，這也太強悍了吧？

張雨陽沒辦法，不死心地使出蹩腳的輕功，躍上屋簷查看。還好他的運氣不錯，幾番搜尋下，總算被他找到已停止了追蹤、聚集在街道上的姚詩雅等人。

與眾人會合後，張雨陽才注意到眾人臉上滿滿的失望與遺憾，當中又以姚詩雅與白銀最甚。

「追不上嗎？」雖然姚詩雅等人的神情早已道出了事實，可是張雨陽仍舊難以置信地出言確定。

對方竟然能避開這麼多高手的追蹤，張雨陽實在想不到有人能擁有如此卓越的輕功。

葉天維壓下心裡的不甘與挫敗感，淡淡地回答：「追至這裡便完全失去了對方的蹤影。」

張雨陽頷首示意了解，隨即便發現宋仁書的異狀，驚訝地睜大雙目：「宋兄，你怎麼了？沒事吧？」

蹲在地上的宋仁書聞言，向張雨陽擺了擺手，卻痛苦得說不出話來。他之所以如此不適，只因青年被左煒天帶上時並沒有姚詩雅的好待遇。左煒天高速移動時完全沒有顧及過他，顛簸的程度本已令宋仁書很辛苦了，左煒天還把他頭往下地扛在身上，晃得宋仁書幾乎腦充血。結果害宋才子腳踏實地後仍是好一陣子的頭昏腦脹，最終只能蹲在地上，靜待暈眩過去。

「可惡！下次我絕對會吐在你身上的！」看到左煒天臉上的惡劣笑容，宋仁書信誓旦旦地撂下狠話。

「你儘管試試啊！到時候看我揍不揍你！」左煒天把手握成拳頭，將手指的關節弄得「卡卡」作響。

嘴角抽搐了數下，張雨陽決定不再看那兩名如同小孩吵架的人，轉而把詢問的視線投往白銀身上。

張雨陽的武功雖然不及眾人高強，但眼力卻不差，不難看出白銀這外表吊兒郎當的少年，在眾人之中輕功最高強。

此刻，白銀臉上的神情很複雜，有點追不到人的氣惱，卻又有確定了對方身分的欣喜，他道：「她的輕功與我在伯仲之間，可是那種忽左忽右、詭詐難測的身法實在棘手得很。雖然我追不上她，也看不清她的臉，可是憑著這特別的身法，以及那種故意讓大家追上去戲耍一番後，再甩掉的惡作劇心思，我能肯定她絕對是小琉璃無疑！」

白銀的一番話聽得張雨陽流汗不已。這是什麼結論？照他所說，那個名叫「小琉璃」的姑娘性格到底有多頑劣啊!?

第二章　聶鷹

要是你想毀約也沒關係，不過從此以後「鬼鷹客」只怕也沒有顏面繼續在江湖上行走了。

就在眾人因失去琉璃蹤影而沮喪不已之際，一陣蒼老沙啞的嗓音徐徐響起，道：「你們是在找那個飛簷走壁的小姑娘嗎？」

對方的聲音並不大，甚至還有點虛弱，卻如同驚雷般讓眾人心頭一震。順著聲音的來源看去，這才發現說話的人是個坐在路旁擺賣水果的老人。

聽到老人的話，宋仁書隱約有種怪怪的感覺，一時卻找不出問題所在，只好逕自皺起眉苦苦思索。

葉天維問：「老人家，你知道那姑娘往哪個方向離開嗎？」正所謂旁觀者清，他們一直追在琉璃身後，卻遠不如早就待在這兒、目擊整場追逐的老人看得真切。

老人咧嘴一笑，無視葉天維的詢問，卻向他身旁的姚詩雅攤開手，道：「人老了便記性不好，一時間想不起來了。不過看到金光閃閃的銀兩，說不定就能想起什麼。」

微微睜大一雙純淨如小鹿般的眼眸，姚詩雅對於老人的勒索一時間反應不過來，愣了愣後才醒悟出對方話裡的意思。雖然心裡難免感到不悅，但少女掏銀兩的動作卻沒有絲毫猶疑。

看到姚詩雅遞過來的銀兩，老人立即露出狂喜的神情，喜孜孜地伸出手，便想要把元寶接過來。

一直苦思著有哪裡不對勁的宋仁書，看到老人的動作後忽然靈光一閃，焦急地大吼：「神子小心！」

宋仁書警告的話語一出，老人本來笑呵呵的表情頓時變得猙獰，滿是皺紋的手閃電般往旁邊的神子抓去！

變故來得太快，即使有宋仁書的警告，眾人也來不及制止了，只能眼睜睜看著姚詩雅將要落入對方手中。

眼看老人正要得手之際，一抹纖細的身影忽然從屋簷上翻身躍下，隨即便見一道金屬光芒閃過，老人立即發出痛苦的悲鳴，抓向姚詩雅的手猛然一頓！

趁著這瞬間的停頓，白銀的暗器也到了。「倏」地一聲悶響，老人再度發出慘叫聲，竟被少年射出的暗器硬生生震開了數步。看那隻軟軟垂下的手臂，白銀這一擊把老人的肩胛骨打得粉碎！

如此一緩，眾人也趕到姚詩雅身旁。葉天維一把將嚇呆了的少女拉向自己身後，張雨陽自知武力值不高，便留在神子身旁沒有上前添亂。至於左右將軍卻是上前攻向受傷的老人！

誰知這名老人雖然受了傷，但左手為爪，竟然短時間內把自身防護得滴水不漏！祐正風與左煒天費了一番工夫，才成功把人拿下。

一切變故只發生在短短數息之間，宋仁書發出警告後還來不及做什麼，很快地老人便已被制伏，而眾人之中更多了一名笑容可掬的少女。

「琉璃姑娘！」

面對眾人活像是見鬼般的神情，琉璃俏皮地眨了眨眼睛，隨即笑著指向被兩名青年制伏、動彈不得的老人，道：「我的事情晚點再說，現在是不是應該先弄清楚這到底是怎麼一回事？」

有些人的笑容永遠不會讓人感到惡意，琉璃就是這樣的人。雖然這段時間中，眾人皆對少女產生了各種深淺不一的猜忌。可是再次面對這親切又甜美的笑容時，竟訝異地發現無法對她生起任何敵意。

偏偏理智卻告訴他們要小心眼前的少女。一時間，就連最穩重的祐正風也不禁無所適從，不知該以怎樣的態度來面對她。

這個時候，反倒是姚詩雅展露出超乎尋常的冷靜。不得不說，危機重重的旅程讓這名涉世未深的姑娘有了驚人成長。此刻的姚詩雅在處事方面早已擺脫千金小姐的嬌弱感，隱隱有著上位者應有的氣度與架勢了。

「琉璃姑娘，這次妳不會明知道我們在找妳，卻頭也不回地跑掉了吧？」姚詩雅沒有理會受制的老人，而是先詢問了琉璃一句。

琉璃靈動的眼眸一轉，回答了一個頗讓人火大的答案，道：「呵！你們不追過來的話，我就不跑。」

「……」

獲得了琉璃的承諾，眾人這才再度將注意力放回老人身上。祐正風為人謹慎，雖然受傷的老人看起來已沒有了攻擊性，但他仍是點了老人身上的好幾處穴道後，才放開壓制對方的手。

老人肩膀上有兩道傷口，分別爲一枚入肉三分的銅錢，以及一個深深的血洞。

看老人肩膀的血洞血流如注，眾人皆不約而同想起了琉璃那柄簡陋得只能算是鐵片的短劍。如此粗糙的武器卻能造成彷如利刃刺出的傷口，足以說明少女一擊之下的技巧與速度到底有多可怕。

再看琉璃一身衣裳不染絲毫噴濺出來的血液，光是這敏捷的身法，便已驚世駭俗了。

被敵人所制，老人卻不顯絲毫驚惶失措，一雙銳利而充滿殺氣的雙目冷冷掃過眾人的臉。先前的垂暮老人，此刻竟神態大變，成了傲視眾人的高手。

最終，老人銳利的眼神停留在宋仁書身上，道：「我很好奇，你只是名不懂武功、手無縛雞之力的書生，是如何發現我的僞裝？」

面對彷彿要把自己生吞活剝的可怕眼神，宋仁書毫不退讓地瞪回去，道：「我可以解答閣下的疑問，可是在此之後，你要坦白道出攻擊神子的原因。」

這個老人與先前襲擊他們的刺客不同，刺客在失手被擒後總是立即服毒自盡，然而這名老人卻完全沒有此種舉動。也許他們能夠從老人的口中找到連串暗殺事件的突破口。

先前情急之下，宋仁書不小心脫口說出姚詩雅的身分，張雨陽又不是傻子，現在再糊弄他已經太遲，因此宋仁書便乾脆恢復往日的稱呼，不再掩飾。

聽到宋仁書再度說出「神子」二字，張雨陽滿臉皆是好奇的神色，卻苦於現在的狀況不宜打探，只得耐著性子忍耐著。可雙目卻盯著眾人的舉動，希望能夠從中看出點端倪。

老人凝望了宋仁書好一會兒，這才冷冷地道出了兩個字：「可以。」

宋仁書聞言，滿意地點了點頭，並伸出食指在對方面前擺了擺，道：「第一，首先引起我疑心的，是你話裡的破綻。」

「閣下當時詢問我們：『你們是在找那個會飛簷走壁的小姑娘嗎？』。然而琉璃姑娘發現我們的追蹤後，便把速度加至極速，不要說是老眼昏花的老人家，憑我這個年輕人的雙目，也只能看到一個飛來掠去的影子，爲何你卻能夠看出我們追著的人是個『小姑娘』？」

「那時候我只是覺得奇怪，眞正讓我感到不妙的卻是第二點。」看到老人恍然大悟的神情，宋仁書笑著伸出第二隻手指，道：「第二，爲什麼你會選擇與神子進行交涉？葉兄與姚姑娘那時並排站在一起。正常若要交涉，也會選擇與拿得定主意的男方交談，可是你卻在一開始便鎖定了神子，那是因爲你知道神子才是我們這個團體的首領！」

聽到青年連續道出破綻，老人縱然再冷靜，也不禁神情一變，露出訝異又佩服的神情。

偏偏宋仁書好像仍覺得對方的刺激不夠，伸出的手指很快便變成了三根，道：「第三……」

「還有第三!?」老人震驚了。他本以爲天衣無縫的僞裝，在青年眼中竟然有那麼多破綻。

無視老人的驚呼，宋仁書逕自把話接下去，道：「第三，你伸手接銀兩時，目光首先注視的不是神子手中的元寶，而是先落在神子身上。」

老人難以置信地看著宋仁書自信滿滿的臉，不得不承認自己確實敗了，敗給了眼前這名不懂武功、卻有著另類可怕力量的年輕人！

祐正風與左煒天相視一笑。宋仁書雖然只是個手無縛雞之力的文弱書生，可二人從沒小看過他、把他視爲包袱。只因在某些時候，他們這個擁有聰明頭腦的三弟，會比江湖中的一流高手更危險，也更加難纏！

聽到宋仁書竟然在短短時間便察覺到自己的眾多破綻，老人再也不敢小看眼前的文弱青年了，神情甚至生起了一絲敬意。

無論是以什麼手段、在什麼領域，只要是強者，便能獲得別人的尊敬，這是恆久不變的道理。

「你的疑問我解答了，現在也該輪到閣下替我們解惑了吧？」

見老人沉默不語，葉天維早就因戀人受到襲擊而慾了一肚子火，他冷聲嘲諷道：「怎麼不說話？難道到了此等地步，你還認爲自己能夠反悔嗎？」

因被點了穴道，只有頸部以上能夠活動的老人，抬起頭狠狠瞪了葉天維一眼。面對銳利的眼神，葉天維只是毫不在乎地冷笑數聲，似乎是在恥笑老人的不自量力。

「師弟，你就少說幾句吧！這位可是大名鼎鼎的『鬼鷹客』聶鷹聶前輩，又怎麼可能會言而無信呢？」琉璃笑盈盈地上前勸解，無論是語調還是說出來的話語，聽起來都像是在責怪葉天維的不是。可是有心人一聽，誰會聽不出少女話中明顯的揶揄之意？

白銀還深怕聶鷹聽不明白似地，很好心地把少女的話翻譯了一遍，道：「小琉璃的意思是，你聶大俠是成名多年的前輩，應該不好意思對我們這些後輩出爾反爾吧？我們可是都知道你的身分喔！要是你想毀約也沒關係，不過從此以後『鬼鷹客』只怕也沒有顏面繼續在江湖上行走了。」

眾人不禁相對無言。很久沒見識到琉璃與白銀那氣死人不償命的一唱一和了，看到聶鷹因他們輕飄飄的幾句話又氣又無奈的樣子，一行人不約而同地均是感同身受……

江湖中人最重承諾，尤其像聶鷹這種武林高手。琉璃開口閉口死咬著這點，這是陽謀，對方即使知道也得順著她的意思來做。

想不到這個年輕的小姑娘竟看破了自己的真實身分，聶鷹震驚地反問：「妳怎會認出我是誰!?」語氣中頗有忌憚之意。

琉璃吃吃笑道：「雖然聶前輩的易容天衣無縫，無人會把暮氣沉沉的老人與正當盛年的『鬼鷹客』聯想在一起。可是在這世上，誰能擁有如此厲害的爪功？如果不是聶大俠功力有損，只怕也不會被我們抓住吧？」

眾人聽到聶鷹剛才並沒有使出全力，不禁露出驚訝的神情。心想果然在武林中成名的人自有其出色獨特之處，他們還是看輕天下英雄了。

琉璃的一番話在解釋之餘，又順道奉承了對方，正所謂花花轎子人抬人，好話誰都喜歡聽，即使是聶鷹也無法免俗。聽到琉璃的話，男子面色稍微緩和，態度也沒有先前般充滿敵意。

思量良久，聶鷹略顯猶豫的眼神轉爲堅定，凝望著差點兒命喪在他手中的姚詩雅，道：「企圖刺殺神子，我並不祈求你們能饒過我的性命，只是懇求神子在聽過事情的經過以後，能夠拯救那些身中劇毒的無辜山民。」

眾人聞言，大感意外地對望了一眼，始發現事情並不只是買凶殺人那麼單純。

不過想想也對，聶鷹性子孤傲、習武成痴，年輕時更是花了數年時間獨居於萬丈高的山崖上，就只是爲了領略飛鷹的動作，並將其融入爪功中，「鬼鷹客」這個綽號也是由此而來。

此人算不上行俠仗義之輩，性格頗爲孤高，武藝高強卻難以拉攏，從不參與各門派的糾紛，在江湖上的名聲素來不錯。

因此當琉璃喊出對方的名號時，白銀等人已隱隱察覺此次的暗殺另有內情。畢竟聶鷹並不是尋常的殺手可比，難得在江湖上闖出名號，誰不愛惜羽毛？暗殺神子絕對是大逆不道的罪行，他們實在想不出到底有多大的利益，能讓大名鼎鼎的「鬼鷹客」選擇向神子下手。

既然利誘的可能性很低，也許便是威逼了？

果然接下來聶鷹的話，證實了眾人的猜測。

聶鷹之所以犯下如此大逆不道的罪行，確是因爲身中劇毒，受到對方威逼。

本來男子也是個有骨氣的人，寧可自盡也不願受人威脅。偏偏佟氏除了在他身上下毒外，就連他的恩人——一眾山民也沒有放過，最終逼得他就範！

當年聶鷹在崖邊領略功法略有所成，在進入入定狀態時遇上一頭被山民追捕的雲豹。那時他運功正值關鍵時候，隨意中斷只會走火入魔，當時爲了保護無法動彈的他，有好幾名山民都掛彩了。

山區環境惡劣，很多時候小小的傷勢也會因爲缺乏治療而致命。即使如此，那些純樸的山民爲了彌補把危險驅至聶鷹身邊的過錯，拚命保護了他。

雖說沒有山民追捕，聶鷹未必會遭遇雲豹，可山民的保護仍是令他感動，他也領受山民這一份恩情！

爲了無辜的恩人們，聶鷹應諾了佟氏的要求，結果便成了此刻的局面。

聽過聶鷹的話以後，眾人看他的眼神隱隱帶有敬佩。

山民以山爲居，狩獵維生，他們學識不高，言行舉止也較爲粗野，是社會地位較低的一群。有些人甚至將山民視爲未開化的野蠻人，不歡迎他們。

聶鷹是冷漠出了名的獨行俠，從未聽過他有重視的親朋。現在看來，只怕男子並非如傳聞般冷漠，即使被敵人所擒，在生死關頭竟還記掛著他口中的無辜山民。

面對聶鷹的要求，姚詩雅正起臉色，鄭重地承諾：「保護國民是神子的責任，若你所說的話是眞的，只要能力所及，我們絕不會袖手旁觀。」姚詩雅一番話說得很眞摯，誰都聽得出這的確是她的肺腑之言。

「保護國民是神子的責任嗎？」聶鷹深深凝視著用理所當然語氣說出這番話的

少女，僞裝成老人、滿布皺紋的臉上，逐漸浮現出一個不帶任何敵意的笑容，道：「眞慶幸這次的刺殺最終以失敗收場。」

看到姚詩雅訝異的神情，聶鷹的笑意更深了，道：「不怕老實告訴神子，刺殺您的時候，我根本沒有任何心理負擔。我是個很自私的人，只在乎自己重視的人的性命。對我來說，殺掉一人便能拯救眾多中毒的山民，這絕對是穩賺不賠的事情。何況所謂的神子，也只是神力的容器，即使喪命，神力也會轉移至另一名少女身上。趁著姚姑娘對花月國的影響還不大，您的逝世並不會對國家造成太大損失。」

聶鷹坦然面對聞言動了眞怒的眾人，一雙鷹目般銳利的瞳孔中，首次出現歉疚的神色，他道：「可是我錯了。若這次行動眞的成功，對花月國來說，絕對會是難以彌補的損失。一個連山民性命都重視的掌權者，能引領國家走向更好的未來。」

宋仁書退至祐正風身旁，一臉與有榮焉地小聲說道：「看！就連聶鷹聶大俠也被我們神子的風采所折服呢！」

「那可改變不了他的下場。」葉天維冷哼了聲道：「我不會放過任何企圖傷害詩雅的人！」不同於宋仁書刻意壓低了聲量，葉天維一番話說得光明正大，氣氛頓時凝重起來。

「要是聶大俠眞的被威脅，那他也是受害者啊！」白銀爲聶鷹辯解了一句，隨即笑嘻嘻地露出一臉壞笑，道：「聽說『鬼鷹客』是個俊朗的美男子，你該不會是看到人家對詩雅姑娘態度上的轉變，吃醋了吧？」

瞬間凝重的氣氛一掃而空，眾人全都向葉天維投以似笑非笑的目光。

葉天維聞言，一臉不爽地回瞪過去，不過想到自己被人橫刀奪愛這個萬分之一的可能性，把戀人看得比生命還重要的葉天維立即惴惴不安了起來。對聶鷹的敵意也隨即變了味，酸得很。

看到葉天維雙目泛起危險的光芒，琉璃拍了拍青年的肩膀，道：「聶公子向姚姊姊出手固然不對，但他的狀況情有可原；何況姚姊姊一根指頭也沒被傷到吧，你就別再追究了。」說罷，琉璃小聲向葉天維道：「師弟，聶鷹這個人知恩圖報，活著比殺了他更有用處。」

見師姊也發話要保聶鷹，葉天維只得頷首應允下來。

姚詩雅面皮薄，對於剛剛白銀的揶揄，她手足無措地轉移話題，道：「聶大俠可以把下毒的人，以及山民的中毒徵狀形容得更詳盡一些嗎？」

「當然。」

不久後，聶鷹才剛描述完畢，忽然天色暗下，眾人這才察覺上空不知何時竟盤踞了一團烏雲。在這藍天白雲的晴朗天空上，烏雲的存在顯得非常突兀。然而這詭異的烏雲位處高空，若不是它正好遮掩到太陽，只怕眾人也無法發現。

在場眾人中，以擅長暗器的白銀目力最好。少年凝神觀察了烏雲一會兒，隨即神色一變，道：「那不是烏雲！是滿天聚集在一起的火鴉！」

第三章 火鴉來襲

這些畜牲以為我們好欺侮嗎!?

來得真好，正好給我機會報那一戰之仇，

我要讓牠們知道花兒為什麼這樣紅！

察覺到火鴉的出現，琉璃明亮機靈的雙目閃過一絲了然，道：「這種法術波動……與上次在極地驅使火鴉襲擊我們的是同一個人呢！火鴉這種妖物數量稀少，對方一次出動這麼多，如果把牠們全滅，你們說會不會把佟氏一族氣死？」

「這次大費周章地想要取神子性命的人，果然是佟氏一族的人啊……」看到這些再熟悉不過的火鴉，宋仁書感慨地嘆了聲後，便二話不說地躲在左煒天身後，一副「兄弟，靠你了」的無賴神情。

不停聽到眾人神子、神子的呼喊著，張雨陽看了姚詩雅一眼，卻沒有多說什麼，全神貫注地注意著從天而降的危機。

祐正風扯下掛在劍柄上的劍穗，只見墨綠色劍穗上串佩著一顆精緻的玉石，在青年輸進內力後，玉石閃出一陣微弱光亮，隨即竟瞬間變大成一張碧綠玉弓！

拿著玉弓的祐正風，爲他的一身儒雅增添了銳意的氣勢，道：「可以的話留活口，別把火鴉都殺光了。這些妖獸受人驅使，與術者有著精神連繫，或許可以從中獲得佟氏一族的線索。」

左煒天也做出了相似舉動，把鑲嵌於刀柄上的一顆玉石拔出。只是青年手中的玉石卻是顆紅玉，變幻而成的弓也是張揚的艷紅色，玉弓上流動著的寶光，令它彷如燃燒著美麗的火焰。

只見左將軍充滿戰意地嘲諷道：「哼！神玉弓威力太強，上次在冰山內部無法使用，我們又沒有普通的弓箭在手，這些畜牲便以爲我們好欺侮嗎!?來得眞好，正好給我機會報那一戰之仇，我要讓牠們知道花兒爲什麼這樣紅！」

姚詩雅感受到兩面弓傳來的神力，並猜測這些神玉弓應出自前任神子紫霞仙子之手。心念一動，少女伸出白皙的手腕，輕輕按上葉天維手裡的長劍，並把神力灌注進去，通體漆黑的玄鐵劍頓時浮現出陣陣華光。

雖然姚詩雅神力不足，無法如紫霞仙子般改變武器的形態，但灌注的神力還是把玄鐵劍提升了一個層次。

無論是硬度還是鋒利度，都隨著姚詩雅傳輸著的神力緩緩提升。見少女開始面露吃力的神情，葉天維毫不猶豫地將她的手拉開，憐惜地默默把柔嫩小手包裹在掌心裡。雖然知道神力傳輸得愈是持久，玄鐵劍獲得的好處便愈大，但在提升佩劍威力與維護姚詩雅兩者間，葉天維毫無疑問選擇了後者。

面對著滿天的火鴉，白銀依舊一副嬉皮笑臉的表情，神情並沒有因即將到來的危險而凝重起來。少年吹起數聲短促的哨音，便見白彗與銀雪從上空俯衝而至。此時，一道雪白亮麗的身影忽然從上方急速衝下，把二鷹逼退回上空！

突如其來的變故讓眾人大吃一驚。白銀看到愛鷹被襲，正要出手攻擊之際，卻聽到聶鷹焦慮地喊道：「空牙！住手！」

白影因聶鷹的呼喊而停止了進一步攻擊動作，卻仍是威嚇性地盤旋於聶鷹上方，不許雙鷹靠近。此時眾人才看清，做出猛烈攻擊的白影原來是頭通體雪白的獵鷹。這頭白鷹神俊得很，與白彗及銀雪相較，不只毫不遜色，體積甚至比牠們還要大一點。

從白鷹的舉動可看出牠由聶鷹飼養，對於生擒男子的琉璃等人露出了深深敵意。白銀與琉璃對望一眼，均從對方眼中看出了一絲憂慮。他們倒不是怕雙鷹會吃虧，反倒是害怕白彗與銀雪受到挑釁，會毫不留情地擊落這頭美麗的白鷹。

雖然單看外表，這頭名叫「空牙」的白鷹比銀雪牠們更為神駿，體形也較大，可是琉璃二人卻心知肚明，雙鷹的實力根本無法以尋常飛禽來衡量。若要形容，牠們絕對是兩頭披著鷹皮的小怪物！

然而讓兩個飼主大出意外的是，雙鷹在面對這充滿敵意的不速之客時，所出現的反應竟不是憤怒，而是既猶豫又疑惑，似乎想要確認什麼般，圍繞在空牙身邊飛翔。隨即竟轉惑為喜，發出了歡愉的鳴叫聲，拚命想要親近這頭巨大的白鷹，那神態就像晚輩向年長的親人露出孺慕之情，看得地上的琉璃等人目瞪口呆。

空牙也被牠們怪異的反應弄得愣住了，隨即細細打量眼前的飛鷹，只感到一陣難以言喻的親切感，帶刺的敵意不禁降了不少。

見三頭獵鷹在上空盤旋試探，琉璃愣愣說道：「我說那空牙……該不會是白彗與銀雪失散多年的父親吧？」

白銀攤了攤手，道：「誰知道呢？」

說罷，二人便把視線轉至聶鷹身上，詢問的意思很明顯。卻見男子搖首道：「我也不清楚，空牙跟隨我以前是頭無主的野鷹。」

「這些小傢伙的關係晚點再研究不遲，我們還是先解決燃眉之急吧！」宋仁書無奈地揉了揉額角，心想這些人怎麼一點緊張感也沒有啊？

琉璃吃吃笑道：「無妨，再讓火鴉把距離拉近一點，我們會讓牠們吃不完兜著走的。」

「啊！還有，先把聶大俠的穴道解開吧！多個幫手也是好的。」少女想了想後補充。

葉天維聞言冷哼了聲，卻沒有再說出反對的話。祐正風很乾脆地將男子身上的穴道解開，聶鷹難以置信地說道：「你們就不怕我攻擊你們，或是趁亂逃走嗎？」

宋仁書笑道：「你不會的。那些山民還等著我們救援，不是嗎？」

眾人說話期間，滿天的火鴉已益發接近。先前距離遙遠倒還不覺得，現在看起來則是滿天的火紅，即使是膽大包天的左煒天等人也不禁看得頭皮發麻，道：「要不要先擊落一部分火鴉？」

琉璃無所謂地說道：「你手癢的話儘管攻擊沒關係，可是天空上的三個小傢伙要給我留下來。」

原本性格比較急躁的白彗已興高采烈地想要往前衝，但看到琉璃打出示意牠們停留的手勢後，只得鬱悶地退了回來。

左煒天嘿嘿一笑，要他這個好戰的將軍看著敵人卻憋住不能攻擊，實在是非常難受的事。何況他還曾在這些火鴉手上吃過虧，早就想把北方極地的仇十倍奉還。

火鴉攻擊力不弱，然而速度卻不怎麼樣了。眾人說了這麼久，牠們依舊遠在尋常弓箭的射程外。不過兩名將軍手上握著的可是由紫霞仙子以神力煉製改造過的神器！

只見二人將拉著弦線的手一放，由純粹天地能量所形成的箭矢，便以雷霆萬鈞之勢激射而出。

祐正風的碧玉弓所發放出來的箭矢以速度見長，「嗖」地聲穿過一頭火鴉後仍未停歇，繼續殺傷了十多頭妖鳥後竟還有餘力。最要命的，便是這支箭矢所走的路線不是直的！

無法預測的路線，再加上箭矢驚人的高速，一箭便已擊落數十頭火鴉！

就在碧綠箭矢消逝之際，左煒天的炎箭也從後趕至。由赤玉弓射出的炎箭對同屬火系的火鴉來說，威脅性相對小得多。靈獸本就對同屬性的元素有著很強的抗擊力，加上炎箭速度緩慢，火鴉群在箭矢射來之際，也只是象徵性地略微閃避，完全不把這支氣勢磅礡的箭矢放在眼裡。

何況這支炎箭準頭極差，根本沒有鎖定任何一頭火鴉，只像頭蠻牛般衝進了鴉群的中心地帶。

妖鳥閃躲後，炎箭已是強弩之末。看到箭矢的速度已緩，本來躲了開去的火鴉更囂張無比地折回炎箭旁，發出沙啞難聽、充滿嘲諷的鳴叫聲。

嘴角勾起一抹戲謔的笑容，左煒天冷冷吐出了一個字：「爆！」

瞬間，炎箭竟忽然分散成數十枚美麗的火球，隨之而來便是翻天覆地的爆炸！

火鴉不畏高溫沒錯，可是爆炸的威力驚人，加上牠們與炎箭的距離又接近，光是爆炸所造成的衝擊，已足以震碎牠們的五臟六腑，即使是距離稍遠的火鴉，因受不住衝擊而震昏摔死的也不少。

一陣爆炸下來，殞落的火鴉足有數十頭之多，戰績完全不遜於祐正風剛才那令人驚艷的一箭！

看到爆炸的威力，眾人頓時明白當初在冰山內部時，二人爲何不使用神弓對付火鴉了。

若使用這妖孽般的破壞力，當時身處冰山內部的他們，絕對只會落得一個下場——被倒塌的冰山活埋！

一擊之下戰績輝煌，志得意滿的左煒天不懷好意地打量著天上的火鴉，隨即再射出一箭。祐正風則覺得火鴉的距離仍有點遠，現在出手未免浪費力氣，因此試探過後便暫時罷手，只微笑看著自家兄弟的表現。

這次火鴉早已有所防備，再也不敢輕視那支與牠們同屬火系的炎箭。結果左煒天的第二箭對火鴉的殺傷力大減；但即使如此，也殺傷了十多頭火鴉。

看到兩把神弓造成的驚人效果，琉璃連忙阻止道：「別忘了我們要留下活口！活口啊！」還想繼續趁勝追擊的左將軍這才作罷。

看著只是三支由神力加持過的箭矢，便輕鬆殺傷了火鴉近三分之一的戰力，張雨陽無法置信地用力揉著雙眼，只差沒有自打兩巴掌來確認一下是否在作夢。

什麼是囂張？這就是囂張了！什麼叫實力？這才叫作實力！張雨陽毫不懷疑，若不是他們想留活口，光是二人的神弓已足以橫掃上空數百頭火鴉。

風、炎兩箭的殺傷力巨大，接近箭矢的火鴉非死即傷。三箭以後，一群妖鳥被嚇得心膽俱裂，立即拍動翅膀拔高身形，遠遠盤旋在上空不敢接近，頓時形成了拉踞的局面。

「可惡！真是群膽小鬼！」等得不耐煩的左煒天，抬頭恨得牙癢癢，卻又無可奈何。雖然火鴉仍是低估了神弓的射程，這種距離對青年來說只是小菜一碟。可是再來數箭，只怕也沒有多少頭火鴉可活了，投鼠忌器，左將軍倒還眞的拿這些火鴉沒辦法。

「你還好意思說?若不是你過於得意忘形，這些火鴉又怎會嚇得不敢過來？」整個人縮在左煒天背後，大有「兵來自有左兄擋、水來也是左兄掩」意味的宋仁書，很不爽地向身前的肉盾投以白眼。

「攻擊火鴉的人又不是只有我一個！」

聽到左煒天不甘心的嘀咕，祐正風頷首：「這次確實是我疏忽了，抱歉。」看祐正風道歉得如此乾脆誠懇，左煒天反倒對先前拉對方下水的舉動感到很不好意思，只好歉意地向對方咧嘴笑笑。

仍然維持著老人外貌的聶鷹，以滿是興味的神情看著他們打鬧。男子本以爲這些來自朝廷的重臣全都是些自視甚高之輩，想不到宋仁書等人卻很隨和，並沒有達官貴人的傲慢之氣。

「來了！」葉天維充滿殺意的警告聲響起，眾人再度把注意力投往上空。

火鴉先是心有餘悸地降低一點高度，試探了好一會兒後，膽子漸漸大了起來，終於重整旗鼓地再度拉近彼此距離，氣勢竟比來時有過之而無不及。

「眞是強悍的妖物。神子，請務必把牠們一網打盡，不要讓任何一頭妖鳥有逃走的機會。不然以這些火鴉的凶猛，秋風鎭的居民恐怕有難了。」張雨陽皺起眉，凝重地說道。

聽到青年變更了對自己的稱呼，姚詩雅愣了愣：「張大哥你……」

張雨陽道：「你們與聶大俠對話時，已經洩露了太多訊息。我本來還奇怪宋兄他們的名字怎會與丞相大人，以及左右將軍同名，他們該是本人吧？神子妳既然特意隱瞞著我，我也就不詢問妳詳情了。只求你們能把火鴉消滅，我們秋風鎭上下感激不盡。」說罷，青年向姚詩雅鄭重行了一禮。

姚詩雅勾起一個無奈的笑容道：「張大哥你別這樣，對於消滅火鴉一事我們自當盡力而爲。雖然我成爲了新一任神子，可張大哥你仍舊喚我作『詩雅』便可。我們從小一起長大，我一直把你視爲親大哥，我們之間怎能如此見外呢？」

張雨陽本想說這樣不妥，然而看到少女失落的神情，想要推拒的話便變成：

「那麼在下就恭敬不如從命了。」

看看說話的二人，白銀笑嘻嘻地走至琉璃身邊，道：「這個張雨陽是個不錯的人呢！」

琉璃掩嘴一笑，道：「你不用再試探我了，我從沒想過要對張家不利。小白，你的演技眞的很差耶！」

兩人一段時間不見，此刻琉璃笑語盈盈的臉就在眼前，白銀一時竟看得痴了。

偷偷牽上少女的手，白銀只感到滿滿的安心與溫暖，也回以琉璃一個大大的笑容。

第四章　御妖之術

雙手快速打了幾個手訣後，琉璃伸出食指往火鴉兩眼之間輕輕一點，隨即一個花朵狀的印記便從火鴉額上艷紅的羽毛上浮現出來。

在眾人上方繞了兩圈後，火鴉來到先前被箭矢攻擊的地方，沒有冒險繼續接近，而是在上空發出沙啞刺耳的鳴叫聲挑釁，一副要試探左煒天二人的樣子。見狀，眾人不禁訝異道：「這些妖物的警戒心與智力竟然這麼高！」

宋仁書眼珠一轉，便壓低聲量，小聲與兩名將軍說了幾句話。

在宋才子示意下，左煒天二人裝作筋疲力竭地收起神弓，並拔出大刀與佩劍作為武器。群鴉見狀，猶疑片刻後便派出十多頭火鴉攻向兩人。只見兩名青年勉強擋住火鴉的圍攻，卻因牠們擁有飛翔的優勢而顯得相形見絀、狼狽不已。

手無寸鐵的宋仁書躲在左煒天身後，看到己方處於劣勢時，卻沒有表現出絲毫驚惶，反倒嘴角勾起一個滿是嘲諷的弧度，小聲喃喃自語：「上鉤吧小鳥兒……快點上鉤吧……」

看到同伴把左煒天等人壓制下來，大大地吐氣揚眉了一番，其他火鴉開始待不住了。一想到先前被這兩名人類壓制得那麼悲慘，火鴉群早就憋了一肚子氣。

終於，殿後的火鴉耐不住寂寞，盡數俯衝，想要好好報上一箭之仇！

「小白，給我吼牠們下來！」琉璃清脆的嗓音在刺耳的鴉鳴聲中尤其突出，隨著少女神氣地伸手指向空中的鴉群，嬌小可愛的小白獅掙脫了姚詩雅的懷抱，彈指間便變回威武無比的狻猊。

除了張雨陽及聶鷹，曾在北方目擊過狻猊實力的眾人，立即醒悟到琉璃的計畫，回想起獅吼的可怕威力，眾人全都不約而同地摀住耳朵，準備面對接下來的可怕巨響。

果然，只見狻猊張開滿布利齒的血盆大口，隨之而來的便是數聲猶如旱雷般的怒吼。鬈曲的鬃鬚無風自動，咆哮聲像是引子般，引導頸上的鈴鐺震動著發出沉重的「噹噹」聲，配合著獸吼，一起震懾著眾人的心神。此刻的狻猊已完全沒有小白獅時的可愛外型，看起來實在神武得很。

隨即，天空便下起了火鴉雨來……

這麼近的距離被狻猊的獅子吼迎面擊中，四分之三的火鴉毫無懸念地被擊落了。即使是殘餘在天空的火鴉，也同樣被狻猊的吼聲震得頭昏腦脹、分不清東南西北。

琉璃吹出一個短促的哨聲，白彗、銀雪，以及新加入的白鷹便一哄而上。還好先前因聶鷹的命令，白鷹並沒有貿然上前，不然牠便會首當其衝地迎來狻猊的無差別攻擊。

琉璃從暈倒地上的火鴉中，挑選了一頭只有輕微擦傷的火鴉，雙手快速打了幾個手訣後，便伸出食指往火鴉兩眼之間輕輕一點，隨即一個花朵狀的印記便從火鴉額上艷紅的羽毛上浮現出來。

抱起依舊昏迷不醒的火鴉，少女悠然回首，往看得目瞪口呆的眾人俏皮地笑道：「大家可以盡情攻擊了，別讓任何一頭火鴉逃走喔！」

「這……這法術……琉璃姑娘妳懂得御妖之術？」宋仁書一臉不可思議。

「這有什麼稀奇的？葉師弟應該也懂啊！在我們門派中，師伯武藝高強，我們的劍法都是師承於他。至於師父……則是曉得很多奇奇怪怪的東西。」

聽到琉璃竟把稀奇珍貴的御妖之術稱作「奇奇怪怪的東西」，眾人嘴角不由得抽搐起來。

面對姚詩雅詢問的視線，本來不打算多說的葉天維沉默半晌，隨即淡淡說道：「我在這方面的天分並不好，只是略懂皮毛而已。」

眾人皆以看怪物的神情，看向這雙一臉淡然的師姊弟。想不到他們除了武藝高強、對咒術有著一定認知外，竟然連御妖之術也涉獵了。

地面上的火鴉非死即傷，仍有餘力留在空中的一群，也被狻猊那蘊含了神力的吼聲震盪得頭昏腦脹，又怎能抵抗飛鷹們猛烈的攻擊？只見空中不停出現被飛鷹擊落的火鴉，地面上屍橫遍野。就連不懂武藝的宋仁書也手握利刃跟在左煒天身邊，興致勃勃地刺向地上無力反抗的重傷火鴉。

不得不說這些妖鳥眞的聰明又狡猾，形勢不對便立即生出去意，絕不戀戰。白銀見狀，便以哨聲示意飛鷹離開，隨即叮叮噹噹的聲響不斷，卻是少年撒出漫天銅錢，把想要逃走的火鴉逼回戰圈。

只見銅錢不停以巧妙的角度在空中互相碰撞，竟久久沒有墜落，於上空形成一張美麗又奇妙的金銅色巨網，讓眾人看得眼花撩亂、驚歎不已。

被琉璃收服的火鴉已脫離了原主人的掌控，妖物本就生性殘忍，並沒有所謂的同伴概念，此刻看著不斷殞落的同族，這頭火鴉不單沒有表現出任何悲傷難過，反倒露出了渴望與貪婪的神情。

這頭火鴉既已是琉璃的所有物，少女對自己人一向大方，何況這些死掉的火鴉屍體放著也是放著，對神子等人並沒有用處。因此琉璃也就爽快地拍了拍火鴉的頭顱，道：「去吧！」

火鴉發出充滿喜悅的鳴叫聲，拍動翅膀飛往空中。隨即便見牠張開褐色嘴喙，一道道細小的赤紅光芒緩緩從地上的屍骸浮出。

屍體上方飄出一道道光芒後，火鴉便深深吸了口氣，數十道紅光便如流星般飛進火鴉嘴巴裡。

殘留的妖力被吸收，屍骸瞬間潰爛成飛灰，被微風吹散。

吸收了同族精華的火鴉，原本烏鴉的形態逐漸轉變。褐色嘴喙緩緩變成了燦爛的金色，頭頂及尾巴的羽毛迅速拉長，末端更浮現出橘紅色彩光。

變化最顯著的則是火鴉的氣息，此刻的火鴉已沒有那種令人不舒服的噬血感，一身氣息逐漸變得純淨內斂，甚至隱隱給人神聖的感覺。

面對火鴉的異變，眾人皆露出驚訝神情。宋仁書一臉羨慕地慨歎著琉璃的好運，道：「相傳火鴉這種妖物擁有稀薄的鳳凰血統，想不到傳說竟然是眞的啊……琉璃姑娘，妳這次眞的賺到了！」

當火鴉氣質大爲轉變後，三頭獵鷹立即圍了上去，竟隱隱有著親近之意。這讓聶鷹不禁驚訝地睜大雙目，露出了不可思議的神情。

只因他那頭白鷹性子高傲，若不是聶鷹曾對牠有恩，牠也不會跟隨在男子左右。白鷹願意讓白彗與銀雪接近牠，聶鷹已感到很震驚了，想不到牠竟然還向異變了的火鴉表達出親近之意。

聶鷹卻不知道，鳳凰在遠古被人們稱爲百鳥之王，雖然火鴉身上覺醒的鳳凰血脈不算多，並未能如牠的先祖般號令百鳥，卻能夠讓其他鳥類本能地對牠生出親近之意。

白鷹雖然神俊，但終究只是尋常獵鷹，此刻面對遠古血脈初步覺醒的火鴉，仍能保持著平起平坐的關係，表現得不卑不亢，已經難能可貴了。

任由空中的飛鳥們自顧自地交流著，琉璃單手提起再度縮小體積的小白獅，仔細上下打量一番後「噗哧」一笑，道：「我說小白你是不是胖了啊？」

順著琉璃的目光，眾人不禁全都注意起狻猊那益發變得圓潤的小屁股，以及充滿肉感的腰身。

小白獅被看得渾身不自在，努力踢動那雙白白胖胖的後腿，掙扎著要脫離琉璃的魔爪。

白銀聽得嘴角一陣抽搐，道：「小琉璃，妳別小白來小白去的。我是小白，這頭肥獅妳又喚牠作小白，這個綽號也未免用得太氾濫了吧？」

聽到少年竟然稱呼自己為「肥獅」，狻猊倏地停止了蹬踢的動作，一整個瞬間僵硬，顯是被狠狠地打擊到了。

琉璃聞言也愣了數秒才反應過來，隨即便毫不忌諱地哈哈大笑。

笑到肚子痛的琉璃稍微鬆開了手上的力道，小白獅總算抓緊機會掙脫出對方的掌控。重獲自由的狻猊立即撲進姚詩雅懷裡，發出可憐又委屈的嗚咽聲，看得神子心疼又好笑。

同樣很不給面子地大笑起來的人，還有左煒天，他道：「哈哈！笑……笑死我了……難怪我總覺得這頭小傢伙最近看起來怪怪的，原來是因爲胖了啊……」

小白獅雙目精光一閃，忽然從姚詩雅懷裡撲出，一口便往左煒天嘲笑時指著自己的食指狠狠咬下去！

左將軍怪叫著揮手，卻甩不掉鐵了心不放口、死死咬住對方食指的狻猊。只見胖胖的小白獅在空中被左煒天甩出多道白色殘影，看得眾人冒汗不已，也不知該先阻止瘋狂甩動手臂的左煒天，還是應該先制止死咬住對方不放的小白獅才對。

雖然無論是小白獅咬人的動作，還是左煒天甩手的舉動看起來都又快又狠，可其實他們只是鬧著玩，出手與下口都是有分寸的。

不然的話，左煒天只要使出內力，便能輕易把小白獅一口尖銳的牙齒盡數震碎。狻猊就更不用說了，只要牠變回原形，不要說是手指，只怕一口便能夠把人攔腰咬成兩截！

因此眾人任由他們鬧去了，只剩下心腸軟的姚詩雅看著左煒天食指上流出的數滴鮮血滿臉擔憂，就怕他們玩得太過火。

不再理會打鬧得興高采烈的一人一獸，琉璃掩嘴笑道：「我喚小白獅作『小白』有什麼關係呢？你不是經常重申自己不叫『小白』嗎？最好我以後不喚你作『小白』好了。」

白銀被琉璃輕飄飄的一句話堵得無法反駁。他的確屢屢向琉璃重申自己不叫「小白」沒錯，然而讓小白獅取代了自己的綽號，他就是覺得不爽。

「小白」這個名字對白銀來說是特別的，只有琉璃會這樣叫他。每次少女喚他這個綽號時，那雙大大的眸子熠熠生輝的，好看極了！

白銀不希望失去這份「特別」。可想要阻止琉璃，便要先公開承認自己這個小動物名字般的稱呼，對此白銀卻又萬分不願。

爲難啊……

良久，白銀才用著一臉心虛的神情說：「妳稱牠作『小白』我倒是無所謂，可是看牠長得那麼胖，喚牠作『小胖』不是更貼切嗎？」

人不爲己天誅地滅，小白獅，你別怨我啊！

聽到白銀這個超不人道的提議，狻猊當機立斷地放開左煒天，著地後便氣憤地朝少年仰首怒吼，充分表達出對這個名字的不滿。

琉璃笑著抱起憤怒的小白獅，並將牠塞回姚詩雅懷裡，道：「小胖這名字不錯啊！牠這麼胖，的確滿貼切。」

聰慧如琉璃，又怎會看不出白銀是故意轉移話題？不過少女也只是想要欺侮一下他，倒並不是眞的要把小白獅喚作「小白」。

因此琉璃也就從善如流地承認了白銀提議的新名字，「小胖」、「小胖」地逗弄著小白獅，給足白銀面子。反正對於「小胖」這個新名字，琉璃聽著也覺得有趣順耳。

對於琉璃，小白獅沒有像對付左煒天般撲過去張口便咬，只是伸出小爪子勾住姚詩雅的衣領，水汪汪的眼瞳可憐兮兮地揪住神子，滿心希望主人能夠爲牠平反。

看到小白獅對琉璃的態度，祐正風微微皺起眉，心裡暗暗多留了一分心，卻沒有多說什麼。

狻猊身爲神獸，除了神子外無人可驅使。琉璃卻屢次向牠下令；而小白獅對少女更是生不出任何反抗之意，這就很耐人尋味了。

接收到小白獅的懇求，姚詩雅心虛地移開視線，道：「呃……抱歉……我也覺得小胖這個名字很可愛……」

狻猊瞬間僵住了。

聶鷹站立一旁，沉默地看著這些年輕人的互動，驚訝地發現他們雖然大多身處高位，卻依舊保持了年輕人的活力與心性。對於這些年輕人的率性表現，聶鷹是欣賞的。

對神子一行人的了解愈深，聶鷹便愈是後悔自己的選擇。想到自己先前差點兒便奪去這群年輕人的歡樂，男子不禁生出深深的歉疚。

然而想到那些身中劇毒，卻仍不知自己死期將至的山民，雖然明知作爲罪人的自己根本沒有資格再提出任何要求，但還是厚著臉皮上前提醒道：「琉璃姑娘，既然妳已將火鴉收服，是否已獲得驅使這些妖物的人的線索？」

聶鷹的話一出，外型已異變的火鴉氣憤地鳴叫了聲，似乎不滿對方仍舊將牠視爲火鴉這種低級妖物。眾人這才發覺火鳥不光外表變得艷麗，就連鳴叫聲也擺脫了之前的嘶啞難聽，變成了靈動的清鳴。

聶鷹一直把白鷹視爲知己好友，自然不會看輕火鴉。只見男子歉意地向火鴉頷首示意，火鴉這才消氣下來。

琉璃手一揚，火鴉便乖巧地降落在少女臂膀。彷彿會說話的一雙鳳眼漆黑如星，若有所求地凝望著身旁的新主人。

「也對，現在你已經跳脫妖物的層次，再喚你作火鴉已不適合。」琉璃撫了撫對方猶如火焰般的美麗羽毛，微微一笑，道：「鳳為雄、凰為雌，鳳凰又稱為火鳥。我們以後喚你作『火鳥』可好？」

火鳥拍動著帶有火光的翅膀並發出一聲清鳴，誰都能看出牠對琉璃的提議很滿意。

琉璃俏皮地眨了眨眼，道：「那麼，我可愛的小火鳥，你能帶領我們去會一會你的舊主人嗎？」

火鳥發出一聲清鳴，於天空中盤旋半晌，便展翅往西面飛去。

第五章　激戰

當年那朵柔弱得只能躲在大樹樹蔭下的小小花苗已長大了。

也許再過不久，姚詩雅便不再需要自己了吧？

眾人見狀，自然紛紛尾隨火鳥而去。張雨陽猶豫片刻後正要舉步跟上，琉璃卻回眸一笑，道：「張公子，接下來的事情也許會比較危險。張家九代單傳，你亦不是江湖中人，還是不要蹚這渾水爲妙。」

張雨陽想了想，隨即拱手，道：「多謝姑娘的好意。然而不知情也罷，既然知道了能使喚妖物傷人的惡徒躲藏於秋風鎮中，在下又怎能對家園的安危無動於衷？請姑娘放心，張某雖是商家出身，可是自小習武，基本的自保能力還是有的。」

看到青年堅定的神情，琉璃也就笑了笑，不再多說什麼。

帶上完全不懂武藝的宋仁書與姚詩雅，眾人使出輕功，猶如一顆顆掠過天際的流星。先前因火鴉的出現而躲藏起來、卻一直關注著外面狀況的民眾，都被這陣勢驚嚇到了，一個個睜大雙眼看著這群飛簷走壁的身影，露出了敬畏又崇拜的目光。

領著眾人前進的火鳥忽然鳴叫了聲，靈動的聲音中帶有一絲焦慮。

如同神子能夠與小白獅心靈相通，在火鳥靈魂上烙下印記的琉璃，也能感受到牠的所思所想。只見少女挑了挑眉，嘴角勾起一抹充滿興味的笑意，道：「哎呀，糟糕！我們要快一點了，對方要逃跑了呢！」

雖然琉璃正大喊糟糕，可看少女的神情，卻是對事情遭遇到變故而覺得有趣，一副被勾起戰意的表情。

「我說小琉璃啊，這個時候拜託妳別幸災樂禍好不好？」白銀無奈地瞄了聶鷹一眼，心想人家聶大俠快要急死了，妳覺得事情愈來愈有趣不是不可以，但好歹也裝出個緊張的樣子嘛！

「但事情眞的愈來愈有趣了嘛！在火鴉被我們殺死、敵方失去與火鴉的連繫時沒有離開，反倒是我們趕過去，對方這時才像知道我們的動向般撤離。他是怎樣知曉我們要去找他的麻煩？」

琉璃的話一出，所有人全都皺起眉，深思起來。思維敏捷如宋仁書，更是把若有所思的視線投往聶鷹身上。

隨即一行人也紛紛反應過來。在北方極地時，眾人已知曉佟氏一族有著能夠驅使火元素的高手。甚至根據當時冰山的布置，他們還猜測那人正是跟隨在林子揚身邊的張老頭。

這次威脅聶鷹進行暗殺的敵人既把神子視爲目標，又能出動大量火鴉，是佟氏一族的機率很高。

而佟氏最擅長的，是用蠱。

聶鷹與那些山民所中的，眞的是他們所以爲的劇毒嗎？

根據傳說，蠱毒的種類繁多，有些蠱有著母蠱與子蠱之分，子蠱與母蠱有著密不可分的連繫。要是聶鷹體內有著子蠱，那麼掌控著母蠱的敵人，便能透過這些子蠱清楚他們的動向，在神子等人接近時預先一步撤走。

姚詩雅向聶鷹伸出了白皙的小手，道：「聶大俠，請把手給我。」

聶鷹看了看一臉不爽的葉天維，再看了看姚詩雅遞出的手，露出了驚訝神情。

要知道雖然由於歷代神子皆爲女性，自花月國建立以後，女性地位便得到了大大的提升，可是「男主外、女主內」的思想終究根深柢固。像姚詩雅這種千金小姐，從小都是待在深閨裡的，因此也養成了一身嬌怯柔弱的氣質。

現在，這位嬌怯怯的千金小姐卻主動向他這個並不相熟的男子伸出手，更示意自己把手握上去。若說出這要求的人是經常行走江湖、好動又不拘小節的琉璃，聶鷹還不會太訝異，然而提出要求的人是姚詩雅，也難怪他如此驚訝了。

不過聶鷹也明白姚詩雅既然如此要求，必定有她的深意，因此也沒有多說什麼，愣了愣以後，便很乾脆地握上少女伸出的手。

葉天維有點不悅地皺起眉，即使此刻聶鷹的外表僞裝成枯瘦的老人，可是據他了解，這名被譽爲「鬼鷹客」的男子相貌俊美，而且正值壯年，年紀絕不會超過四十歲。

看到姚詩雅那軟若無骨的小手被對方握著，以及少女羞澀得滿臉通紅的樣子，葉天維立即醋意頓起，感到很不是味兒。

姚詩雅接觸過的男性可說是一雙手也能數得出來，如此親暱地握住聶鷹的手，她只覺聶鷹手心傳來的溫度炙熱無比，害她臉頰都羞得紅了起來。

少女努力收斂心神，姚詩雅把神力經由二人相連的手心傳遞出去，順著聶鷹身上的經脈遊走了一圈。

隨著神力的傳遞，一股噁心感逐漸從聶鷹的腹部直直湧上咽喉，最終聶鷹忍不住從喉間咳出一道暗紅血液。眾人上前查看，果見血中藏有一隻已經死去的蠱蟲。

「雖然力量仍未完全取回，可是姚姑娘使用神力的技巧愈來愈好了呢！」白銀讚歎道。

看到混雜在血中只有指甲大小的蠱蟲，聶鷹再傻也知道自己身中的根本不是尋常的毒藥了。敵人之所以那麼清楚他們的動向，正是因爲這隻暗藏於自己體內的蠱蟲。

「抱歉，爲大家添麻煩了。」聶鷹說罷，隨手便把沾染上血污的人皮面具脫下，露出眞實面容。滿臉皺紋的老人瞬間變成了目如朗星、氣宇軒昂的壯年男子。聶鷹年約三十多歲，極富成熟魅力，江湖盛傳鬼鷹客長相清奇英俊，果然不虛。

葉天維的心情本已因戀人被「佔便宜」而變得很糟糕，看到聶鷹的眞實容貌後更是不爽，自然沒有什麼好臉色了，道：「哼！別惺惺作態了，你給我們添麻煩又不是第一次。」想到無論是先前的刺殺，還是剛才與姚詩雅的肌膚之親，每每都涉及自己最珍視的戀人，葉天維的臉色再度黑上幾分，毫不隱藏地表現出對姚詩雅的強烈佔有欲。

看到自家師弟這種可愛的反應，琉璃忍不住「噗哧」一笑。少女不笑的時候已是個很可愛的女孩子，現在掛上這張明媚燦爛的笑顏，頓時令人感到眼前一亮，心情也不自覺變得輕鬆起來。

祐正風微微瞇起雙目，他發現自己越來越看不懂這名少女。她的雙眼靈動純眞，與他們相處時並沒有顯露出絲毫惡意。偏偏很多事情都顯示出，這名名叫琉璃的少女並不如表面般簡單。

然而心懷惡意與算計之人，眞能夠擁有如此清澈的眼神嗎？

在琉璃的示意下，火鳥在姚詩雅治療聶鷹的空檔中並沒有閒著，而是帶領著飛鷹們率先截擊正逃跑的敵人。

憑藉火鳥與琉璃之間的連繫，少女心念一動，便能知道牠的狀況與位置。以牠們的強悍，即使勝不了也不至於吃虧，把人拖著還是能輕鬆做到的。因此琉璃很放心讓牠們當先頭部隊，順道也有著讓剛進化的火鳥練練身手的想法。

火鳥與敵人接觸時，琉璃利用連繫一直關注著牠們，很快地，便發覺自己把對手看輕了。

他們的猜測沒錯，驅使火鳥攻擊他們的敵人，正是在沭平鎮與神子等人有過一面之緣、跟隨在林子揚身旁的張老頭！

對於張老頭的身手，他們在沭平鎮時早已見識過了。雖然比不上白銀的暗器造詣，但老人仍舊是數一數二的銀鏢高手。

張老頭身邊，還有一名全身用黑色斗篷遮掩著容貌的人。這人看身形應是男性，他正是驅使火鴉攻擊神子一行人的咒術師。此刻這人正吹著支特製的哨子，試圖再次奪得火鳥的控制，可惜徒勞無功。

面對能夠遠距離攻擊的銀鏢，禽鳥佔據天空的優勢頓時蕩然無存；加上除了白彗與銀雪外，白鷹及火鳥從未與其他同類合作過，牠們的攻擊可說是全然沒有組織性，這更有利於張老頭利用銀鏢把牠們逐個擊破。

要不是火鳥放出的火焰厲害，讓張老頭有所顧忌，只怕牠們早出現傷亡了。

當神子等人趕至時，看到火鳥牠們雖然被張老頭壓制，但一時三刻還不至於落敗，便站在旁邊觀看起來。

被左煒天以輕功拉著跑的宋仁書才剛站穩，四周張望了一眼後，便掙脫了左將軍的手，快步往一旁的大樹走去。

火鳥牠們曾以這棵大樹的樹幹作掩護，十多枚閃閃發亮的銀鏢沒入粗大的樹幹上。銀鏢一字排開，竟全都是一分不少地相隔了一個指頭的距離。

左煒天在全然沒有防備之下被對方甩開手，回過神來才發現宋才子已經走到樹幹前。只見宋仁書小心翼翼地避開銳利的刃面，伸出手握住一枚露出樹幹的飛鏢末端，想把它拔出來查看。然而這些細小精緻的飛鏢卻是深深地釘進樹幹裡，單憑書生的力氣，顯然無法移動它分毫。

宋仁書的心神全部投放於手裡的銀鏢上，卻沒有察覺到自己早已進入張老頭的攻擊範圍。幾道銀光一閃，老人射出數枚飛鏢後，便朝宋仁書衝去，想要把人打傷後抓來作人質。還好同樣擅長暗器的白銀反應快，「叮叮噹噹」的聲音此起彼落，偷襲的銀鏢全數被少年擊落。

趁這空檔，左煒天已趕至宋仁書身旁，隨意伸手一拔，宋才子費盡九牛二虎之力也無法拔出的銀鏢便已輕鬆到他手裡。隨即左煒天一手拉住身旁的宋仁書，迅速退出戰線外。

直至二人與張老頭拉開段安全距離後，左煒天才心有餘悸地向宋仁書劈頭罵道：「你一聲不響便衝進去，不要命了嗎!?」

嚇呆了的宋仁書此時才回過神來，發現背部早已滿布冷汗。良久，青年才哆嗦著道：「抱歉。」

本以為宋仁書會像往常般反脣相譏，想不到對方卻如此坦誠道歉。左煒天疑惑地看過去，這才注意到對方的臉色變得蒼白，臉上滿是劫後餘生的懼怕。

仔細一想，宋仁書是名文官，旅程中他們都把對方保護得很好，這還是他首次遇上這種間不容髮的生死局面。想到這裡，左煒天滿腦子想要取笑他的話語便再也說不出口。

看到對方如此害怕，左煒天滿心的氣惱頓時消失無蹤，語氣也不禁軟了下來，道：「這次就算了，下次注意一點。咦！這是……」

聽到左煒天的驚呼，琉璃等人順著青年將軍的視線，把注意力投往宋仁書手裡的銀鏢。青年雙手各拿著一支銀鏢。一支是於北方封印中找到的，另一支則是剛剛從樹幹上拔出來的。兩支銀鏢無論外型、重量還是煉製時的工藝都一模一樣，同樣是在煉製時加入了珍稀的天河沙！

這種銀鏢，他們曾見過三次。第一次是在沐平鎮，第二次是封印遠古蠱獸的冰山上，第三次則是此時此刻，就在他們眼前！

「釋放蠱獸的人果然就是你啊……林門眞的與佟氏一族勾結了嗎？」在姚詩雅成爲神子以後，葉天維在這世上最爲忌憚的，就是這些處處威脅到自家戀人的佟氏餘孽。

對於佟氏一族，葉天維絕對抱持著除之而後快的態度。現在證實了林門與佟氏有所關聯後，葉天維立即滿腦子思考著該如何滅了林門。

白銀身爲白家莊少主，是在場之中對林門最熟悉的人。只見少年輕輕嘆息了聲，當中包含惋惜、感慨，以及竊喜。他道：「如果我猜得沒錯，林掌門應該已經退位讓賢了，現在林門家主只怕已換成林子揚了吧？就是不知道林鵬現在是被軟禁，還是已經慘遭不測了呢？我一直都沒有把林公子放在眼裡，想不到『英雄出少年』，倒是我小覷他了。」

「林門只是主人的踏腳石。難道你們認爲那個像條狗般卑微、只懂得萬般討好我們大小姐的林子揚，眞的能夠驅使我們爲他賣命嗎？」聽到葉天維的話，張老頭咧開了嘴，露出一口泛黃的牙齒。而他身旁的咒術師則是從一開始便默不作聲，也不知道他到底是不擅言語還是不會說話。

姚詩雅聞言只感到渾身冰冷，就連說出口的話語也帶有止不住的顫抖，道：「此刻的林門，就像當初被你們逐步掏空的姚家，對吧？」

佟氏的餘孽或聯婚、或結盟，以各種手段侵入目標，從內部把對方慢慢蠶食殆盡。直至再也壓榨不出任何利益後，便把這些沒有用處的家族完全消滅、雞犬不留。

只要一想到若當時自己沒有回家、沒有收到那張寫有「食水有毒」的字條，說不定姚家早就徹底消失在世上，姚詩雅便感到止不住的膽寒。

「姚家能夠爲了主人犧牲、壯大我們的實力，這是多麼光榮的事情。被我們選上，姚家應該感到榮幸才對。」張老頭那張忠厚的臉上露出了殘忍的笑容，一旁的咒術師不知何時兩指挾著一張咒紙，嘴巴短促唸出了一段深奧的咒語。

琉璃與葉天維同時神色一變，立即大聲示警道：「退後！這是火行咒！」

這種咒術的威力眾人在極地已經見識過了，當時就連作爲封印的冰山也能打出一個巨大的洞穴，其威力可想而知。

即使是當時沒有同行的張雨陽與聶鷹，在看到眾人如臨大敵的神情後，也立即全神戒備起來，使出輕功拚命往後退去！

「小白！」眾人中速度最快的琉璃，在後退的同時不忘呼喊了聲。

這聲呼喊卻不是爲了警告白銀後退，少年也不枉與琉璃相識多年，聽到少女的呼喚後，立即一甩手便暗器射出幾枚，分別擊向咒術師與張老頭。

射向咒術師的銅錢全都是致命一擊。咒術師想不到他們在逃離之際仍有餘力反擊，再加上咒術進行時無法分心，竟就這樣被白銀一枚銅錢擊穿咽喉，瞬間斃命！

至於張老頭，也是在驟不及防之下讓白銀的偷襲得逞，被銅錢擊碎了右膝的骨頭，既不傷其性命，卻又讓他失去了逃跑的能力。

雖然咒術師已死，但他們的法術已經完成，下一秒，巨大的火柱沖天而起！還好他們此刻所在位置遠離民居，不然光這一擊，便不知道會葬送多少無辜的性命。

也難怪咒術這門深奧的學問能夠傳承上千年，雖然它不比武藝普及易懂，而且入門要求嚴格，往往有沒有天分完全左右了往後的發展，但法術的確自有其獨到之處，讓人心生嚮往。

炙烈的熱浪撲面而來，就連視線中的景物也因熱氣而變得飄浮扭曲。還好眾人退得及時，除了輕功本就不算好、還要多帶上一個宋仁書的左煒天受到一點波及外，所有人都全身而退。

只見左將軍右手的衣袖整個化成飛灰，炙傷的手臂全是水泡與褐紅色的焦塊，光是看到已經覺得很痛了。

至於宋仁書，由於有左煒天用身體及時護住，倒沒受到什麼實際傷害，只是受不了熱氣而昏倒。

與左煒天一樣，帶著姚詩雅後退的葉天維，在退開的瞬間急促地唸出幾個短短咒文，頓時一股清涼感阻擋了熱氣的入侵。看在有心人祐正風眼裡，似乎琉璃那番「法術來自於師父所授」的發言並不是信口開河，倒有幾分事實根據。

畢竟葉天維也跟隨著琉璃的師父學習，正如同少女習得強大高深的劍法般，按

理青年在法術方面也應有著不淺的造詣。

有了法術的庇護，加上葉天維的輕功本就比左煒天略高，神子身邊又有身爲神獸的狻猊照拂著，因此姚詩雅的狀況倒是比昏倒的宋仁書好多了，只是被迎面蒸過來的熱氣熏得臉頰潮紅而已。

此刻臉頰通紅的姚詩雅看起來就像上了一抹胭脂，少了一分清雅脫俗，卻增添了一分艷麗嬌媚，讓緊張回首察看戀人狀況的葉天維一時看得呆了。

抱著宋仁書退至姚詩雅身旁，看到青年昏倒得這麼乾脆，左煒天不禁嘴角一抽，低低嘀咕了聲「沒用的書獃子」，這才粗魯地把人丟在地上，只留下了一句：

「請兩位稍微照料一下這傢伙。」

隨即，左煒天不理手臂傷勢，轉身便像沒事人般再度投進戰場，把軍人的悍然作風發揮得淋漓盡致。

左煒天的話提醒了腦袋仍舊有點昏眩的姚詩雅。雖然逃過了火行咒的突擊，可是戰鬥仍未結束。

經過這段時間的磨練，姚詩雅已不是當初那個三步不出閨門、什麼也不懂的千金小姐。雖然在戰鬥方面她無法幫上忙，但至少也不能成爲同伴們的累贅。只見姚詩雅果斷地以神力設下一個結界，穩穩把自己與宋仁書、張雨陽等戰力不足的人保護在結界裡，再放出小白獅在結界外護法。

這個以神力所造的結界，是旅行期間姚詩雅摸索出來、神力的新應用。即使張老頭再來個火行咒，她也有自信能撐一、兩炷香的時間，足夠支撐至同伴來援了。

葉天維正想要提醒戀人好好保護自己，想不到少女已把能夠做到的事情迅速辦好，而且仔細得滴水不漏。這讓他高興之餘也暗暗有點失落，當年那朵柔弱得只能躲在大樹樹蔭下的小小花苗已經長大了，正努力地把她的枝葉伸往天空。也許再過不久，姚詩雅便不再需要自己了吧？

因爲過於重視而產生的失落感，即使是素來冷漠的葉天維也不能免俗。這種心情有點像看著孩子長大的父母，既欣喜對方的成長，卻又害怕會動搖到自己在對方心裡的地位。患得患失、忐忑不安。

第六章　天雪花

煉製丹藥的方法，師弟應該略有小成了吧？正好獲得這麼有趣的材料，葉師弟要不要一展身手？

看到琉璃等人竟能全身而退，本以爲致命的一擊卻未能對這些年輕人造成傷害，甚至還讓他們趁亂擊斃了己方的咒術師，張老頭不禁露出失措的神色。

拖著被廢掉的右腿後退數步，張老頭手一甩，射出的卻不是眾人所熟悉的銀鏢，而是數道黃色符咒！

只見每道符咒上都蘊含了淩厲的電光，是來自逸明堡的高級符咒雷符！這種符咒曾經揚威武林，可惜製作方法已經失傳，只有少量雷符保存下來，成爲逸明堡的家傳之寶。

眾所周知，自從製作雷符的方法失傳以後，逸明堡便下令剩下的雷符嚴禁使用。每一任逸明堡堡主更是以研究這些雷符、試圖找出製作方法爲己任。

想不到現在，這些珍貴無比、對逸明堡來說有著非凡意義的雷符，卻在張老頭這個外人的手裡！

「那位逸嫣然姑娘似乎在離開逸明堡的時候，沒少帶走一切能夠利用的東西啊……」琉璃輕笑著道，一雙靈動的眼眸此時卻變得銳利無比。

逸明堡是以咒術起家的門派，雖然經過漫長的時間，門派偏向武術發展，可是祖傳下來的符咒數量仍舊可觀；而雷符正是威力最強大的一種。

要是讓逸明堡的先祖知道他們世代珍藏的雷符被逸嫣然這個不肖子孫帶走，還白白用來便宜了外人，不知道會不會氣得從墳墓裡跳出來呢？

雷符的攻擊附帶麻痺效果，非常霸道。如果只是面對武藝高強如左煒天、聶鷹等高手，說不定還真的讓張老頭殺出一條血路。可惜老人千算萬算，卻算不到琉璃這個擅長咒術的變數！

「詩雅姊姊，幫我擋住他的攻擊！」交代了一聲，也不待姚詩雅回答，琉璃便無所畏懼地衝上去。右手在虛空中快速劃出一道又一道的咒文，隨即食指往前方的張老頭點了點，一頭由清水組成的巨龍便平空出現在少女身前，張牙舞爪地向老人飛去。

此時一道雷符化爲閃電，擊向正使出咒術、毫無防備的琉璃。就在少女快要被閃電擊中時，一股柔和的光芒將她牢牢護住，正是姚詩雅用神力產生的結界！

同時水龍也來到張老頭身前，這頭看起來非常威武的水龍出乎眾人預料地並沒有任何攻擊力，只是用來束縛敵人的符咒。只見水龍把沿途接觸到的閃電捲進清水聚集而成的軀體，並像蟒蛇般用長長的龍身將張老頭緊緊捲住。

因著雷符的屬性，張老頭悲劇了。

符咒使出的雷電可不會認人，很快便被水龍這個導電體吸納過來，更把被困在水中的張老頭電得外乾內焦，只剩下一口氣了。

「山民中的是什麼毒?交出解藥便饒你不死！」聶鷹一雙銳利的眸子滿是殺意。若非張老頭是山民唯一的希望，只怕男子早就不與他廢話，殺之而後快了。

雖然姚詩雅可以使用神力驅除蠱毒，但山民人數眾多，讓她爲所有山民解毒這個想法根本不實際。

被水龍束縛住，加上蔓延全身的電流，讓張老頭就連動動指頭也麻痺無力，更遑論自殺了。就在眾人都認爲老人只有招供一途之際，他卻忽然淒厲地慘叫起來。

只見老人那張布滿皺紋的臉上因劇痛而變得猙獰恐怖，充斥著血絲與恐懼的雙目瞪得大大的，彷彿看見天底下最可怕的事物。

張老頭是解救山民的關鍵，聶鷹可不允許老人就這樣死去。男子彎下腰正要查看張老頭的狀況時，一道白影卻從天而降地俯衝在聶鷹與老人之間。就在聶鷹反射性退後、拉開了與這突如其來的阻礙物的距離之際，張老頭的心臟位置竟忽地爆裂開來！

「空牙！」聶鷹這才看清楚，阻擋在自己與張老頭之間的白影，原來是跟隨在他身旁的雪鷹！

張老頭心臟爆破的瞬間，數條只有指頭大小、長有尖刺與吸盤的怪物隨著血光激射而出，吸盤立時吸附上空牙的身體！

吸食到新鮮血肉的瞬間，這些蟲子頓時脹大了數倍，吸盤邊緣更長出像牙齒般的密集倒鉤，於血色下閃閃發亮的樣子讓人膽寒。

蟲蟲的吸盤快速蠕動著，以極快速度往空牙體內鑽去！

聶鷹畢竟是成名已久的遊俠，雖然因空牙被襲擊而目眥欲裂，卻沒有失去理智。男子把全身內力聚集在單手上，及時在蟲蟲沒入空牙體內前將其拉扯出來。鬼鷹客最強的就是他的一身爪功，貫注內力後，肉掌頓時變得如鋼鐵般堅強，任憑那些蟲蟲如何掙扎撕咬也沒有傷及分毫。

蟲蟲嘴巴的吸盤長滿倒鉤，在被拉扯出來的同時，也硬生生刨走空牙一大片肉。白鷹身上頓時出現一個個血流如注的恐怖血洞，美麗的雪白羽毛也被染得腥紅。即使空牙再強壯，也受不住如此嚴重的傷勢，只能無力地墜落於地。聶鷹心中湧起濃濃的心痛與憐惜，雖然這頭白鷹追隨他的時間不算很長，卻通曉人性，並且非常忠誠，雙方早已產生深厚的感情。現在看到空牙的慘狀，聶鷹氣得都想把張老頭鞭屍了。

「這些蟲蟲我留下來有用。」看出聶鷹與空牙感情深厚，琉璃深怕對方一怒之下將手裡的蟲蟲殺掉洩憤，連忙出言阻止。

同一時間，姚詩雅也趕至空牙身邊，向重傷的白鷹毫不保留地輸出神力。對於高高在上的神子，竟然爲了一頭獵鷹而使出珍貴神力的舉動，聶鷹在意外之餘感激不已。看著姚詩雅的眼神除了敬重外，更隱隱多了一絲親近。

聶鷹「含情脈脈」的目光讓葉天維不爽了。冷哼一聲，青年用身體阻擋了對方投射在戀人身上的視線。

對於葉天維那防賊似的舉動，男子實在難以視若無睹。聶鷹本也是心高氣傲之輩，雖然此刻有求於神子一行人，但本性使然，他仍是禁不住朝青年咧了咧嘴，露出挑釁的笑容。

「師弟別玩了，過來過來。」

就在兩人劍拔弩張之際，一陣語調輕鬆俏皮的嗓音不合時宜地響起，頓時把眾人的目光全都吸引過去，就連重傷倒地、正接受神子治療的白鷹也把頭扭過去，還很人性化地露出八卦的表情。

只見琉璃站在張老頭屍體旁向葉天維猛招手，那神態與動作怎樣看都像在呼叫小狗。肅殺的氣氛頓時蕩然無存，先前充滿敵意地與青年對峙著的聶鷹，甚至還向葉天維投以同情的眼神。

葉天維嘴角一抽，他多麼想裝作看不見琉璃的動作一走了之啊！可是師門裡階級嚴明的觀念早就深入骨髓，加上琉璃這個年輕得過分的師姊，無論是武力值還是手段都讓青年打從心底敬佩不已，因此猶豫片刻後，葉天維還是乖乖往少女所在走去。

見葉天維聽到琉璃的召喚時神色變化不定，聶鷹本以爲對方最終會裝作聽不見，畢竟他早看出這青年是個很高傲的人，那孤傲的目光彷如一頭遊走於原野間的孤狼。

然而眼前的小姑娘只是招招手，瞬間便讓桀驁不馴的野狼變成了聽話無比的小狗，雖然葉天維沒有狗兒那搖尾乞憐之態，但對方如此乖巧聽話，足以讓聶鷹大爲震驚，對琉璃也不禁刮目相看。

琉璃自然不知道，剛才的無心之舉竟讓自己在聶鷹心目中的地位嗖嗖嗖地提升了。不過以少女的性情，即使知道大概也不會太在意。

畢竟琉璃在武林盟主白天凌的面前仍能不卑不亢，鬼鷹客聶鷹的名聲雖然響亮，但怎能與武林之首的白家莊莊主相比？

琉璃完全沒有把葉天維使來喚去的自覺，只見少女興沖沖地把手裡的東西往師弟拋去，道：「煉製丹藥的方法，師弟應該略有小成了吧？正好獲得這麼有趣的材料，葉師弟要不要一展身手？」

葉天維低頭一看，差點兒便忍不住把手裡的東西往地上丟。

僵直在青年掌心的，正是從張老頭體內破體而出、將老人心臟硬生生撕裂的蟲蟲！

看著手掌上進入假死狀態的醜陋蟲蟲，即使冷靜如葉天維，也被嚇了一跳。他嫌棄地皺起眉頭，只想用內力將這醜陋的怪物轟成渣滓。

「我的煉丹術只是略得師叔的皮毛，要說煉丹，相信師姊比我更爲了得吧？」

琉璃毫不遮掩地露出厭惡的神色，道：「不要！這些蟲蟲長得太噁心了，我才不要用牠來煉丹！」

眾人絕倒！

拜託！即使這是妳的眞心話，也不要這麼理所當然地說出來嘛！好歹也婉轉一點，例如：「不不，小女子的煉丹術可是比不上師弟厲害呢！」諸如此類的……

妳這麼說，豈不是明擺著要把討厭的工作推到師弟身上!?

雖說琉璃「師姊」的身分明擺在這兒，然而葉天維這種心高氣傲的人終究受不了少女這種頤指氣使的態度，因此張口便想拒絕。

怎料這時琉璃卻搶先一步拿話堵他，壓低聲量說道：「師弟啊……其實師姊我也是爲你著想。看聶大俠長得一副禍水相，年紀雖然比較大，卻有成熟男子特有的滄桑感，鬼鷹客的艷名不虛耶！萬一詩雅姊姊看上他，把人納進後宮當妃子，那時候我看你怎樣哭！」

說到這裡，琉璃還自我肯定般地點了點頭，一臉心有戚戚焉的模樣。那同情的眼神讓不知情的人見了，還眞的會以爲葉天維已經被神子甩了。「綜合聶大俠對山民病情的描述，潛伏在山民體內的蠱毒應該是由這些蠱蟲造成的沒錯。既然如此，你還不抓緊機會煉出丹藥，快快解決山民的問題，好把聶大俠從詩雅姊姊的身邊打發掉？」

葉天維哭笑不得地挑了挑眉。聶鷹好好的一個陽剛味十足的美男子，到了琉璃口中卻成了「禍水」、「妃子」，鬼鷹客的「英名」更變成了「艷名」……相比之下，琉璃也只是對自己頤指氣使而已，實在是仁慈得過分啦！

琉璃一番話說得很小聲，即使以聶鷹的功力，不特意催使內力來偷聽，也只能看見少女的嘴巴一開一闔，全然不知道她正在說的話有多挖苦損人。

可即使聽不見琉璃所說內容，聶鷹仍是從二人時不時瞟過來的目光中感到毛骨悚然。身懷深厚內功且鮮少生病的他，更拉了拉衣領，竟然覺得有點冷了……

不得不說，琉璃這番話確實打動了葉天維。葉家衰落以後，葉天維曾三番兩次被姚家下人留難，卻看在姚詩雅的份上，沒有把這些不長眼的家丁宰掉，由此可見姚詩雅確實是青年的軟肋，只要一涉及她，青年便會放下身段與一身傲氣。

在眾人驚訝的注視下，葉天維無奈地嘆了口氣，向琉璃拱手道：「由我來煉製丹藥沒問題，可是我對岐黃之術涉獵不深，請師姊提供藥方。」

琉璃笑道：「赤龍草、天王葉、百黃、天雪花……當然還有作為藥引的蠱蟲本體。有了這些，要解山民身上的蠱毒並不是難事。」

聽到琉璃口中的藥名，葉天維皺起了眉。

最後一味藥材——天雪花，雖說不上昂貴，卻是只在極寒之地才能生長的花朵。而且由於天雪花本身帶有劇毒，一般大夫很少使用，因此商人並不會特意從北方引入，在秋風鎮這個西方城鎮根本有錢也買不到。

難道才從北方出來，現在又要特意繞回去嗎？

厭惡地看了看手上的蠱蟲，葉天維死也不願意帶著這些東西一起旅行！

同樣知道天雪花的難得之處，琉璃依舊掛著輕鬆笑意，一臉事不關己的神情。

其他人則是看著一臉寒冰的葉天維，覺得莫名其妙，不知青年怎麼又不高興了。

在眾人眼神示意下，姚詩雅上前柔聲詢問：「天維，怎麼了？難道煉製這些丹藥有什麼難處嗎？」

面對溫柔婉約的戀人，葉天維素來是好脾氣的，他道：「丹藥並不難煉製，只是材料之中的天雪花卻是只生長在北方、鮮少使用的草藥。」

聽到這裡，跟過來看熱鬧的張雨陽用著不確定的語氣發言：「天雪花的話……我也許有辦法。」

「眞的？」聶鷹激動地緊抓張雨陽的肩膀。鬼鷹客的爪功遠近馳名，在心情激動的狀態下，被抓住肩膀的張雨陽只覺骨頭被抓得「咯咯」作響，不禁痛哼一聲。

痛楚的聲音讓激動的聶鷹頓時驚醒，只見男子訕訕地鬆開手，道：「抱歉。」

揉了揉依舊疼痛不已的肩膀，這名善良溫和的青年搖搖首，道：「沒關係，重要的人受到傷害，無論是誰，難免都會心神大亂。聶兄是性情中人，我又怎會因而責怪你呢？」

嘴角微微勾起了感激的笑容，搭上聶鷹除去僞裝後那張成熟英偉的臉龐，以及獨特的氣質，惹得嬌怯的姚詩雅也不禁偷偷打量起對方。琉璃就更是肆無忌憚地把一雙大大的眼睛眨啊眨，美目毫不忌諱地露出欣賞的神色。

「張兄你知道哪裡能獲得天雪花？」看到姚詩雅的反應，葉天維的臉再度陰沉下來，只想立即解決山民的問題，好讓聶鷹快些遠離神子身邊。

其實葉天維與聶鷹的容顏只在伯仲之間，只是後者卻多了年輕人沒有的成熟魅力，這種獨有的韻味只有經過時間的沉澱與磨鍊才能累積下來，對葉天維來說，可不是努力就能消除的差距。

被葉天維陰沉的神色嚇了一跳，張雨陽立即把話題拉回正軌，道：「嗯，我有個朋友，手上便囤積著一定數量的天雪花。」

眾人心頭一喜，想不到如此輕易便解決一個大難題，這也算是那些山民命不該絕了。

「那還等什麼？我們快點去找張兄的朋友吧！」宋仁書語氣中隱隱透露出一絲急切。

左煒天戲謔地挑了挑眉，道：「怎麼了？難道我們的丞相大人怕了地上的屍骸了嗎？」此言一出，立即換來宋仁書的瞪視。

看到對方再度回復精神奕奕的模樣，左煒天難得沒有趁勢繼續取笑對方。畢竟身爲文官的宋仁書與他們不同，他的手是眞眞正正沒沾染過鮮血的乾淨的手。

相較於擁有神力與狻猊保護的姚詩雅，宋仁書才是眞正脆弱無力的人。加上青年不久前才遇上幾乎致命的危機，也難怪他會感覺到如此忐忑不安。

第七章　靈族令牌

這枚令牌即使在陽光下仍散發著陰冷的氣息。表面沒有文字，只雕刻了一個骷髏頭，整體充滿著不祥的氣息……

此時白銀好奇地詢問道：「小琉璃，妳來秋風鎮是碰巧嗎？還是特意過來找我們的？」

白彗與銀雪有著神祕的連繫，即使相隔再遠也能夠找到對方。只要白銀仍舊與神子等人同行，琉璃要尋找他們可說是輕而易舉。如果說少女是碰巧與他們在這裡遇上的話，那也未免太巧合了。因此白銀這句話雖是疑問句，其實心中的答案明顯偏向後者。

宋仁書等人一直對琉璃有所懷疑，聽到白銀的詢問，皆向琉璃投以疑惑的視線，甚至隱隱透露出警戒與防備。

琉璃接下來的話，證實了白銀的猜測，她道：「我從師父那裡拿到了一樣好東西，也許能對大家有幫助，因此特意過來找你們。我也是個命苦的，眼巴巴給你們趕過來送好處，卻還要被人猜疑，小白你這個負心人……」說罷，少女便開始「嗚嗚嗚」地假哭。

白銀苦笑道：「喂喂！我也只是問問看而已。剛剛用懷疑的視線看妳的人根本就不是我。」

琉璃哭得很假，誰也看得出她根本就是在假哭，可是白銀卻不敢眞的無視，安慰得煞有介事。眾人看得暗暗好笑，至於在戰鬥過後，終於在宋仁書的介紹下弄懂了眾人身分的張雨陽，則是一臉的驚奇。

白銀可是白家莊的少主耶！難道白銀心儀於眼前的小姑娘？可是以少年的身分，不是應該配以武林世家的千金嗎？他們該不會是私訂終身吧？

張雨陽的腦海頓時浮現起無數八卦，即使老實人也是有好奇心的，尤其面對的是名人的八卦。

琉璃的假哭眞的一點兒也不「敬業」，只見少女邊發出哭聲，一雙大大的琥珀眼眸卻是從手指的狹縫中眨啊眨地到處亂瞄。在看到張雨陽時她乾脆不哭了，蹦蹦跳跳地走到青年身前，好奇地仰頭打量著他。

宋仁書爲雙方介紹一番，並暗暗觀察二人的神情。發現琉璃在得知張雨陽的身分時，並沒有流露出任何奇怪的情緒，一如看見陌生人般友善又有點生疏的態度。

宋仁書從不認爲琉璃眞的是因爲「好奇」這種詭異原因而一直跟隨著他們。也許剛開始他還相信少女所說的理由，可在發生了眾多事情、甚至牽扯出佟氏、林門等敵人後，他便再也不相信了。

即使是好奇心再重的人，在得知敵人的眞實身分後，也會爲了避禍而選擇遠離他們以求明哲保身吧？可是琉璃卻依舊毫不在乎地與眾人同行，即使是傻子也能看出她絕對懷有其他目的。

眾人思前想後，再配合一直以來的蛛絲馬跡，竟覺得琉璃與他們所尋找的姚樂雅對得上號！就連姚詩雅也說，琉璃的相貌與她記憶中的小妹很相像。

不過現在看琉璃與張雨陽的互動，宋仁書卻又覺得不像。要是琉璃眞是姚樂雅，理應對當年迫害他們的人深感憎恨，面對張雨陽時總會透露出一些特別的情緒。

而現在的琉璃，卻是一如以往的輕鬆表情，難道是他們猜錯了？

「師姊，妳拿了什麼東西過來？」葉天維是在場唯一一個知道琉璃師父身分的人，同時他亦很清楚那位師叔的能耐。能被琉璃稱之為「好東西」，絕對不凡！

琉璃嘿嘿一笑，揚起的右手不知何時已拿著一枚令牌。這枚灰黑的令牌非鐵非銅，也不知道由什麼物質所打造，即使在陽光下仍散發著陰冷的氣息。令牌的表面沒有文字，只雕刻了一個骷髏頭，整體充滿著不祥的氣息。

葉天維在看到琉璃手中的令牌時，雙目頓時閃現出熾熱的光芒，道：「是靈族的令牌!?」

琉璃露出得意洋洋的笑容，神情活像個等待別人稱讚的孩子，道：「正所謂以毒攻毒，雖說落花仙子的結界會削弱蠱獸的力量，可詩雅姊姊也只有一半的神力。要是打起來，詩雅姊姊的力量不知道能否與蠱獸抗衡。靈族雖然一直很低調，但當年他們使毒的手段也只是略遜於佟氏而已。經過多年發展，也許他們還有著剋制蠱獸的方法也說不定。我也不求靈族能幫上大忙，但能夠讓安全多一些保障也是好的。」

「天維，這枚令牌是什麼東西？」姚詩雅訝異地打量琉璃手中的令牌，她很少看到葉天維如此激動，而青年剛剛說的話，也顯示這枚令牌是好東西。可是姚詩雅卻對這枚外觀詭異的令牌有著本能的恐懼，總覺得它處處透露著邪氣，讓人完全不願觸碰。

葉天維解釋道：「靈族與佟氏一樣，也是在遠古時期以毒起家的族群。只是發展到後來，佟氏擅長蠱術，靈族則喜好煉屍之術。靈族以煉製屍煞聞名，他們甚至還煉製出只要沾染上便會中毒、將敵人活生生變成屍煞的劇毒。他們以戰養戰，以手下的屍煞殺死敵人，再把敵人的屍體變成屍煞驅使，當年每個靈族族人都是實力非常強大的喪修。」

「屍煞？」姚詩雅自小於高宅深院長大，從沒接觸過武林的事情。

「就是把屍體用祕術煉製後，讓它們不會腐化，能夠如同活人般活動、爲主人戰鬥。這也是靈族受人忌諱，一直隱藏在深山修煉的原因。」

用屍體!?

聽到葉天維的解釋，姚詩雅臉都白了。

葉天維雖然有些不忍，但想到他們或許得進入靈族的領地，與其到時候讓姚詩雅嚇得半死，倒不如現在便讓少女有個心理準備，於是硬起心腸續道：「靈族用來煉製屍煞的『材料』，若不是主動招惹他們的敵人，就是用族人死後的屍體來煉製。雖然他們修煉的功法難以被世人接納，不過卻從沒有爲了獲得材料而胡亂殺生。靈族手段狠毒，每每出手都是不死不休之勢，但只要不主動招惹他們，其實也是很好說話的，這也是朝廷允許他們存在的原因。」

「用自己族人的屍體煉製屍煞!?」姚詩雅彷彿聽到什麼天方夜譚的事情，一臉無法置信，雖然不會爲了取得屍體而濫殺無辜這點是很好，可是姚詩雅難以理解靈族怎能對自己親友族人的屍體下得了手。

而少女所不知道的是，靈族從小被灌輸的觀念與外界有著根本性的差異，說不定他們還會因爲自己的屍體被看中用來煉製屍煞，而感到驕傲……

琉璃一直笑吟吟地聽著眾人的討論，看到姚詩雅算是勉強接受靈族的做法後，少女這才把話題拉回手中的令牌上，道：「家師曾幫了靈族前任族長一個大忙，結果便獲得了這枚令牌。對方曾經許諾，只要拿著這枚令牌，便能獲得靈族三次幫助。這個承諾我們已用了兩次，現在還有一次可以使用。」

宋仁書一臉恨鐵不成鋼地數落道：「人家說誰拿著令牌便會不遺餘力地幫忙，也就是說這令牌你們用不著的時候可以傳給後代子孫。結果現在已經使用了兩次，也太快了吧!?」

琉璃毫不在意地聳了聳肩，道：「將來的事情誰能說得準呢？有好處當然是現在便拿，要不是師父利用令牌的一個承諾換來我的百毒不侵，在我們剛認識時，我早已中了殺手的偷襲；初到姚府時，也無法幫詩雅姊姊解毒了。」

宋仁書搖首嘆息道：「百毒不侵，這的確是值得使用的一個承諾，可是學習解毒卻有點不值了。我也略懂醫理，看得出琉璃姑娘的醫術雖然不錯，卻不到讓人震驚的地步，用來換取一個承諾實在不划算，我說靈族該不會是藏私了吧？」

琉璃笑道：「我所使用的，只有改善體質這個要求而已啦！另外的醫術都是附帶的。因爲師父吵嚷著賭約要公平，因此另一個承諾便給師弟使用了。葉師弟也應該與我一樣，有著不畏劇毒的體質才對。」

聽到醫術是附贈的，這個「虧本買賣」立即變成「買一送一的大特賣」，宋仁書喜孜孜地詢問道：「如此說來，葉兄也懂得醫術了？等等！那不對啊……如此一來，當初神子中毒時，葉兄為什麼沒有為神子解毒？」

葉天維的神情依舊冷峻，可只要細心觀察，便會發現一絲尷尬的神色在青年眼中一閃而過。他道：「我並沒有在靈族那裡習得醫術。」

眾人面露困惑之際，左煒天恍然大悟地大笑道：「我知道了！一定是因為你的性格不討喜，說不定還得罪過靈族的人，因此才受到差別待遇吧？」

葉天維皺起眉，冷聲低吼道：「你是在向我挑釁嗎!?」

很可惜青年這番話有了反效果。本來眾人只是將信將疑，然而看到葉天維這惱羞成怒的神情後，反倒坐實了左將軍的猜測。

琉璃安慰地拍了拍葉天維的肩膀，隨即解釋道：「當年因為靈族族長與師父的交情，加上我哄得他高興，對方便多教了我一些東西。不過這點葉師弟做不到也沒辦法，畢竟他並不是師父的弟子；而且我身爲女孩子，嘴巴甜一點便很容易讓人心軟，因此身爲女生我是比較吃香啦！除非葉師弟小時候是像小白那種軟軟綿綿的樣子……」

白銀立即抗議道：「喂喂！怎麼說著說著又扯到我身上!?」

眾人不禁幻想著白銀小時候，用著一副幼嫩的外表向大人賣萌的樣子……

張雨陽驚訝地打量著琉璃，隨即神情複雜地說道：「其實我剛才提到擁有天雪花的朋友，便是靈族的人……」

眾人面面相覷，不由得感慨這個世界眞是小啊！

想不到大家都認識靈族的人，張雨陽對琉璃多了些親切感，青年露出了溫煦的笑容，向少女做出了邀請，道：「靈族隱居在中陰山深處，我們先準備適合的行裝再進山比較好。各位不嫌棄的話，歡迎來寒舍借宿一宵，讓我一盡地主之誼。」

琉璃笑著揶揄道：「雖然我從未到過張府，不過也知道你家是鎭內數一數二的豪門。要是張府也算是『寒舍』，那我家不就是狗窩了嗎？你們這些讀書人就是矯情。」

張雨陽聞言不好意思地笑了笑，宋仁書則叫嚷著道：「我們讀書人怎麼了？謙虛是美德好不好!?」

琉璃無視同仇敵愾的宋才子，向張雨陽掩嘴一笑，道：「難得張公子盛意拳拳，那小女子就叨擾了。」

姚詩雅也有點不好意思地說道：「麻煩張大哥了。」

張雨陽遇上落魄的神子等人時，便已主動提出讓他們到家裡暫住。雖然姚家已不復當年的輝煌，但張雨陽對姚詩雅的態度卻一如既往，也從沒過問他們到底打算在張家住多久。

現在多了琉璃與聶鷹，張雨陽也全沒二話，爽快把二人的住宿都包辦了。雖然招待他們的費用對張家來說都是毛毛雨，但重要的是青年那份心意，眾人還是很感激的。

一夜無夢，翌日一早，張雨陽便準備了進入深山的行裝，然而令人無言的是，青年除了爲眾人準備了方便活動的衣物，自己也同樣換成了方便在山林活動的獵戶裝束，很明確地表達出想要隨行的意思。

「張兄，你這是？」祐正風明知故問，他希望張雨陽能夠主動知難而退。然而一向善解人意的張雨陽，這次卻假裝看不見眾人臉上的神情，自顧自地笑著道：「當然是跟著大家一起去啊！」

對於朋友，左煒天總是有話直說，很少把事情藏在心裡。看到張雨陽裝傻，左將軍便直接把話挑明了，道：「張兄你只是懂得一些拳腳功夫而已，根本不是武林中人的對手，你跟著我們一起實在太危險了！」

張雨陽申辯道：「詩雅不也一樣嗎？」

葉天維淡然道：「詩雅的神力是蠱毒的剋星，而且我會好好保護她。」

雖然葉天維一番話說得冷淡，但早已熟悉青年性情的神子等人卻聽得出，葉天維對張雨陽的觀感其實很不錯，不然換了其他人詢問，也許葉天維根本不會耐著性子解釋。

聞言，張雨陽仍是不死心地道：「那宋兄……」

宋仁書聳了聳肩，道：「我可是神使團的一員，自然要侍奉在神子身邊。」

只要事情涉及宋仁書，左煒天就是忍不住要揶揄一下對方，現在當然也不例外，他道：「明明就是個要人保護的累贅，還好意思說得那麼理直氣壯。」

可左煒天顯然小看了宋仁書的厚臉皮；又或者是，在左煒天不遺餘力的打擊下，宋才子對他的揶揄有著極強的免疫力，練就了金剛不壞之身。

只見宋仁書很乾脆地把左煒天的一番話視之爲讚賞，照單全收，眉開眼笑地回道：「好說好說。」

此時白銀若有所思地詢問道：「我看張兄也不像好奇心很重的人，這次如此堅持隨行，是有什麼特別原因嗎？」

「其實……你們也知道我小時候生過一場大病吧？雖然後來因姚老夫人的幫

助而撿回了一命，但身體卻是垮了。後來有一天，父親聽說靈族所在的中陰山有雲參，這可是能改善體質的靈藥。爲了我的身體，他帶著我深入中陰山，結果卻因突如其來的變故讓我們失散了。」

即使已事隔多年，然而回想起當年迷路時的狀況，張雨陽臉上仍不禁露出畏懼。「中陰山危機處處，到了晚上更是各種屍煞、毒物出沒的時刻。要不是當年我被人所救，也就沒有現在的張雨陽了。」

看著青年提及那位友人時，嘴角勾起溫暖的微笑，宋仁書道：「那一位應該便是你先前曾提過、擁有天雪花的友人？張兄這次隨行，是想順道去探望故友？那個人……該不會是個姑娘吧？」

張雨陽驚訝地瞪大雙目道：「你怎知道？」

宋仁書翻了翻白眼，心想你剛剛的眼神溫柔得能掐出水來，要是那個友人是個大男人，那才可怕咧！

白銀好奇地詢問道：「張兄既然認識靈族的人，那什麼時候到中陰山都可以啊！」

張雨陽苦笑道：「中陰山內部是靈族聚居之地，一向不允許外人進入。當年她帶我進去已經犯了族規，要是無事，我又怎好再闖進去讓她為難？而且她的身分有點特殊，好像不能隨意下山，所以……」

聽過張雨陽的解釋，雖然很同情他，可姚詩雅想了想後，還是搖首拒絕道：「張大哥是張家獨子，萬一出了什麼事情……請恕我實在無法應允你的請求。」

雖然因為琉璃的令牌，他們這次的中陰山之行基本上不會有什麼危險，但佟氏一族這次吃了大虧，也不知道還有沒有其他後著。萬一張雨陽受到他們連累，出了什麼意外、害張家絕後的話，姚詩雅真不知該怎樣面對昨天盛情款待他們的張家家主張成了。

張雨陽立即說道：「我已經問過父親，獲得他的同意了。」

姚詩雅卻仍是搖首不語。

此時，琉璃卻上前拉了拉神子衣袖，道：「詩雅姊姊，就讓張公子同行吧！」

見姚詩雅一臉不贊同，琉璃解釋道：「我看張公子也是個死心眼的人，現在我有令牌在手，可以護著他上中陰山，不致有太大危險。總比他某天偷偷闖進去好，何況……」說到這裡，琉璃壓低了聲音，小聲在姚詩雅耳邊說道：「何況我看你們留在張府，應該與姚家二夫人的事情脫不了關係吧？萬一那個人在我們上中陰山時下手，至少我們能夠爲張家保留一絲血脈。」

姚詩雅愣了愣，卻也覺得琉璃說的話有理，這才終於答允下來。

張雨陽本已作好再次被拒絕的準備，想不到峰迴路轉，姚詩雅竟忽然鬆口，這讓他喜出望外。

如果讓張雨陽知道，姚詩雅他們是打著爲張家被滅門時留下血脈的打算，大概也就不會如此興奮了……

張雨陽準備得很充分，再加上中陰山的山路到了夜晚便會變得非常凶險，因此眾人也不再遲疑，向張家家主張成請辭後，便往中陰山出發。

所幸中陰山距離張府並不遠，趕路一會兒，中午便可到達。

神子等人進入中陰山時正值中午，本應是烈日當空的時刻，可光是踏進中陰山邊緣，眾人頓感熱氣盡散，渾身變得清涼。

如果是普通人，也許會認爲是山林樹木遮擋了烈日之故，可看在祐正風這些行家眼裡，卻又是另一番景象。

「陰喪煞氣！果然是養屍的好地方啊！」祐正風感嘆道。

左煒天頷首附和：「難怪靈族總是窩在中陰山不出來，他們哪是什麼避世，根本是在享福吧？」

姚詩雅好奇地詢問道：「這裡是那麼好的地方嗎？可是我只覺得寒冷陰晦，待久了實在有點不舒服。」

聽到姚詩雅的話，張雨陽立即贊同地點了點頭。當年在中陰山的遭遇都成了他的童年陰影；青年可不覺得這裡是什麼福地，說是大凶之地還差不多。

琉璃一雙琥珀色眸子眨啊眨，邊興致勃勃地東張西望，邊解釋道：「對於普通人來說，這種充滿陰喪煞氣聚陰之地，的確是個充滿凶險的地方。待在這裡的時間一長，甚至還會讓體質變弱、頻頻生病。可是對於喪修來說，這裡卻是修行與煉屍、養屍的福地。」

白銀補充道：「世上萬物相生相剋，適合靈族的環境未必適合我們。就如魚兒只有在水裡才能生存，若把飛鳥按在水裡可是會溺斃的！」

對於姚詩雅、張雨陽等對修行功法了解不深的人，聽過眾人的解釋後，這才恍然大悟，不由得感嘆世間奇妙。

第八章　中陰山

只要有本事，不畏懼中陰山內的危險，
任何人都能夠隨時出入。
然而任由外人進入的地區只到山腰為止……

進入中陰山後，便顯出張雨陽特意準備的東西到底有多大用處了。青年準備的藥粉雖然氣味有些奇怪，但只要在鞋子與褲管撒上一點，便能夠讓蛇蟲等毒物退避三舍，非常實用。

宋仁書略帶失望地說道：「本以爲中陰山會是個怎樣的龍潭虎穴，結果也不外如是嘛！」

張雨陽解釋道：「宋兄你之所以會這麼想，是因爲有琉璃姑娘帶路。」

宋仁書奇怪地追問道：「到底這裡有什麼，讓你總是一副如臨大敵的表情？」

琉璃笑道：「可多了喔！這裡是聚陰之地，長期散發著至陰的靈氣，以致中陰山的生靈或多或少也有了些許變化，更產生不少異變的品種。」

也許是不耐煩宋仁書的尋根究柢，同樣曾在中陰山裡住了一些時間的葉天維，突然撿起一枚石頭往草叢裡丟。

當石頭觸碰到幾株看起來普通得不得了的喬木時，喬木上正開得燦爛的紅色鮮花倏地在花蕾位置噴出一些有著蜜香的黃色液體。然而這些充滿香甜氣味的液體一看便知不是尋常花蜜，因爲石子在沾上花蜜之際立時冒出黑煙，隨即在宋仁書目瞪口呆的注視下，被腐蝕融化掉了！

看到宋仁書震驚的模樣，葉天維冷冷一笑，對青年的大驚小怪一臉不屑。然而下一秒葉天維神色卻瞬間變得柔和，轉向同樣震驚不已的姚詩雅安慰道：「別擔心，這種植物只要不觸碰到它便是無害的。我與師姊都熟知進山的路，不會讓妳受到任何傷害。」

宋仁書鬱悶了，差別待遇別那麼明顯好不好!?

「葉師弟說得對，跟著我走準沒錯，所以你們別亂跑喔！其他地方很危險的。」說罷，琉璃指了指遠處一棵葉子呈羽毛狀的植物，道：「像這棵植物名爲『羽針花』，別看它的葉子狀似柔弱，其實非常堅韌，看起來柔軟的細毛全是細針。它以鮮血維生，任何被它葉子纏上的生物，都會被吸至全身血液乾涸而亡。」

接著，琉璃又指了指一株在草地上盛開的小白花，仔細看，依稀可見小白花下的泥土，有著一塊半腐爛的兔皮，道：「這些不起眼的小白花名爲『白月草』，是靈族用來煉屍的其中一種主要藥材。在羽針花附近，通常會長有一片白月草。羽針花吸血，白月草則吸收乾屍的養分、迅速掩蓋屍體的痕跡，方便再引來其他獵物。因爲兩種植物是共生關係，再加上靈族需要白月草來煉製屍煞，因此中陰山可是漫山遍野都開滿羽針花喔！」

「還有……」只見少女纖白的柔荑往旁邊一指，便要繼續解釋其他潛藏危機。

「呃……還是別說了，我、我會緊跟著琉璃姑娘妳的。」宋仁書聽得頭皮發麻，琉璃沒把這些東西指出來時他沒察覺到，只覺得中陰山的環境不像別人形容的那麼凶險。現在經過少女講解，他才發現不遠處竟有不少屍骸！看到琉璃還興致勃勃地要繼續說下去，青年連忙舉手喊停。

雖然宋仁書也知道琉璃這番話有誇張的成分，或許羽針花這種很難纏的危險植物對靈族來說眞的很有用處，但應該還未至於到了漫山遍野的程度。不然當年年幼的張雨陽單獨在中陰山流連，只怕還來不及被那位靈族族人所救，便已被羽針花吸乾鮮血而死了。

琉璃如此恐嚇他，大概是不希望他們這些不了解中陰山深淺的人到處亂走吧？

因此宋仁書立即從善如流地表示絕不會再質疑中陰山的凶險，以免琉璃繼續指出什麼噁心的東西來。

看到宋仁書服軟，琉璃也就善解人意地閉上嘴，嘴角卻忍不住揚起一個勝利的微笑。

有熟悉中陰山的人帶路的好處，除了能夠避開不必要的危險，便是節省了不少繞路的時間。

山路崎嶇，然而在琉璃的帶領下，他們一直走在最省時省力的道路上。只用了短短半天的時間，眾人正好趕在日落前來到了靈族所在的村落。

雖說中陰山是靈族的領地，可他們並不禁止外人進入。只要有本事，不畏懼中陰山內的危險，任何人都能夠隨時出入。

然而任由外人進入的地區只到山腰爲止，因爲再往上走，便是屍煞活動的範圍。每到晚上，靈族便會把屍煞從養屍地點放出，讓它們能夠吸收月光與陰氣。活人的血氣會引起屍煞的注意，遭遇它們攻擊。靈族不禁止外人進入中陰山沒錯，但要是這些人遇上屍煞，可無法保證生命安全。

要是他們能夠從屍煞手下逃生，靈族也不會多加理會，然而前提是這些外來者沒有擊傷、破壞屍煞。萬一屍煞被破壞，便會視為向靈族的挑釁，外來者將會受到靈族不死不休的追殺，甚至連親人也會受到牽連。

因此，靈族雖沒有特意劃分領地的意思，但對外人來說，眾人早已把這座充滿不祥與陰霾的大山視為靈族的禁地。

夕陽西下，正是屍煞開始活動的時刻。琉璃知曉屍煞的厲害，早已預先把令牌拿在手裡。果然，少女的謹慎是正確的，還未踏進靈族村落，眾人已在樹蔭下看到數道隱藏在暗影中的身影，陣陣陰冷的死亡氣息充斥四周，讓人心情不禁變得壓抑。

草叢裡「沙沙」的聲響愈發頻密，顯示著那些躲藏在暗處的東西隨著陽光的消失變得多了起來。也不知道是不是令牌的緣故，雖然眾人吸引了屍煞前來，但卻沒有任何一具出手攻擊他們。

即使如此，除了在中陰山居住過些許時日、早已對屍煞習以爲常的葉天維與琉璃外，其他人無不感到毛骨悚然。左右將軍更是寸步不離地守護在神子身邊，手則維持隨時能拔出武器的姿勢，只要一有什麼不對勁，便會毫不猶豫地立即出手！

幸好眾人擔心的狀況並沒有出現，直至進入靈族村落爲止，這些屍煞也只是遠遠看著神子一行人，並沒有做出任何攻擊的舉動。

靈族於山中聚居，中陰山山勢陡峭，於是他們便在陡坡上興建吊腳樓。這些依山而建的吊腳樓底部用木柱支撐，密集地聚集在一起，形成壯觀的山寨，這種特別的建築讓姚詩雅等人頓感眼界大開。

此時正值準備晚飯的時間，只見炊煙裊裊，竟是一片悠閒祥和的景象。如果不是中陰山無處不在的陰冷之氣，眼前的情景與尋常鄉間山村無異。

白銀驚訝地打量著四周，道：「小琉璃，他們在生火煮食耶！」

「是在煮食沒錯，那又怎樣？」琉璃奇怪地反問，不明白白銀爲何大驚小怪。

白銀一臉驚喜地回答道：「太好了！我一直以爲靈族是茹毛飲血的，本已做好入鄉隨俗的覺悟。」

「……」這個答案未免太失禮了吧？

山寨爲靈族的禁地，一直鮮少有外人進入。當神子一行人現身時，立即引來路過的靈族族人注目。

萬眾矚目的姚詩雅等人，也好奇地打量著眼前人。

靈族的衣物色彩繽紛，無論男女，衣服上都繡有各式各樣充滿寓意的彩色圖騰。靈族女性的雙手與脖子也掛滿精緻的飾物，走起路來叮叮噹噹的，煞是動聽。無論男女的頭上皆裹有頭帕，女性身穿綴滿銀片的百褶裙，男性則是左衽上衣與寬腳長褲的搭配。

另外，眾人也注意到少數靈族人頭上戴有黑紗，讓人看不清楚他們的相貌。除了這一點，他們的衣飾與其他靈族倒是沒有任何分別。

雖然直至眾人進入山寨爲止都沒有遇上任何阻撓，卻不代表靈族不知道他們的來臨。從琉璃等人踏入中陰山開始，靈族已一直注意著他們的動向。因此，當眾人剛進入山寨，一名看起來比琉璃還要小上一些的少年早已在入口等候他們。

「琉璃姊姊！」靈族少年歡快地飛奔至琉璃身前，雙腿一蹬，便往琉璃懷裡撲去！

然而少年預期中的軟玉溫香抱滿懷卻沒有出現，白銀不知什麼時候已阻擋在琉璃身前，在少年撲過來時迅速伸出手，準確抓住了對方的衣領，硬生生止住了少年的動作。

一直在團隊中默不作聲、彷如陌路人般的矗鷹見狀，不由得眼瞳一縮。正所謂外行人看熱鬧，內行人看門道，對於擅長爪功的矗鷹看來，白銀的動作一氣呵成，深得快、狠、準的眞諦。

可惜白銀眞正擅長的是暗器，從小練習的運功法門與爪功不同，不然生起了愛才之心的聶鷹，少不得抹下面子也要收白銀爲徒，將一身絕學傳授給他。高強的師父難尋，但有天賦的傳人更難得啊！

現在聶鷹也只能暗道一聲「可惜」了。

「你幹什麼？放開我！」少年生氣地大聲叫嚷，清秀的臉上閃過一絲陰狠。白銀突然像被火燒般鬆開了手，只見他的右手瞬間變成紫黑色，這顏色更以肉眼可見的速度往上蔓延開去！

「洛明！」琉璃厲聲喝斥雙腳安穩踏到地面的靈族少年。

「那麼凶做什麼？我們那麼久沒見面了，一見面妳便吼我！」名爲洛明的少年一臉鬱悶地伸手拍了拍白銀的臂膀，頓時已蔓延至肩膀的紫黑就像被血腥味吸引的野獸般，朝洛明掌心湧去。當洛明把手收起時，白銀的皮膚已變回了正常膚色。

看到劇毒已被洛明收回，琉璃吁了口氣，罵道：「誰教你對我的朋友下毒，我不罵你罵誰!?」

「我才沒有向他下毒。誰教他要胡亂抓住我的衣領？我們靈族渾身是毒，他不中招才奇怪耶！」

「少騙我了，我認識你那麼久，你衣服上的劇毒要是無法收放自如，我早就中毒了。」

二人無視眾人開始吵鬧，旁觀的姚詩雅等人卻無不心驚膽戰。雖然他們早已知道靈族擅長使毒，可想像卻遠不如直接看到時來得震撼。尤其眼前的小小少年看起來人畜無害，想不到竟也有如此身手！

幸好靈族一向與世無爭，不然只怕會是個不遜於佟氏的禍害。

洛明似乎很聽琉璃的話，在琉璃強烈要求下，雖然少年一臉的不情願，卻還是滿臉鬱結地向白銀道了聲抱歉。

「我們此次前來是有事相求……」

琉璃的話還未說完，洛明已翻了翻雙眼，道：「我就知道妳是無事不登三寶殿，跟著我來吧！族長已經等候多時了。」

負責接待的洛明，並沒有把眾人領至專門接待外賓之處，而是直接領神子一行人來到靈族族長家裡。這番不經意的舉動，顯示出族長對神子一行人的信任，讓姚詩雅他們在還未見到對方，便已先存了三分好感。

眾人跟隨洛明來到大廳，只見大廳兩側站立了十多名戴有面紗的侍女。經過入寨以後的觀察，眾人早已察覺到這些容貌用面紗遮掩住的靈族族人地位較低，身分大多是護衛與侍女等下人。

進入族長宅第後，洛明並沒有表現出絲毫拘謹，在族長家裡就像在自己家一般隨意。

洛明還未步入大廳，便已興沖沖朝裡面叫嚷道：「族長，我把人帶到了！」

只見大廳內坐著一名秀麗的小姑娘，少女圓圓的臉龐略帶嬰兒肥，雖然相貌不算出色，卻像個鄰家小妹妹般親切可人。

小姑娘所穿著的衣服，上面的刺繡比一般靈族姑娘要複雜艷麗幾分。靈族衣物上的刺繡有著不同的意義，他們認爲圖騰有神祕的力量，數量的多寡也代表著這名族人的地位。

洛明跑至那名小姑娘身前，而對方也回應少年的呼喚，姚詩雅等人當場傻眼。

眾人也想像過靈族族長的長相，不外乎面色蒼白、身形瘦削、眼下發青，一副人不像人、鬼不像鬼的模樣。本已在心裡作好了心理建設，即使族長長得再醜再恐怖，他們也有泰山崩於前而色不改的自信。

然而看到這個族長竟是名長相甜美可人的小姑娘時，眾人徹底傻眼了……

靈族少女向眾人微微一笑，她笑起來的時候臉頰有著兩個可愛的梨窩，那純眞嬌憨的模樣，實在無法讓人把她與靈族族長這個身分聯想在一起。

向神子等人禮貌一笑後，靈族少女道：「小鬼，你就省省吧！分明是你一聽到琉璃姑娘來了，便歡天喜地地湊過去，別說得好像在幫我做事一樣！」

少女一番話殺傷力驚人，神子等人瞬間石化！

她不開口時，怎樣看也是個憨厚可愛的小姑娘，怎料一說話，神態語調卻像個漢子般豪邁，眾人頓感適應不良。

這孩子不愧為靈族族長，果然邪門！

洛明臉皮薄，被人一語說破心事不禁心裡大急，偷偷打量琉璃幾眼，看到對方依舊一臉平靜，沒有受到這番話影響，少年這才暗暗鬆了口氣，卻又覺得悵然若失，滿心只希望琉璃能夠多重視、在意他一點。

琉璃沒有理會洛明的小心思，逕自向眾人介紹道：「這位是靈族族長——洛艾姑娘。洛姊姊，這位是繼紫霞仙子後，花月國新任的神子姚詩雅姑娘……」

聽到姚詩雅等人的驚人身分，洛艾目中震驚的神色一閃而逝，瞬間再度恢復笑咪咪的單純樣子。宋仁書與祐正風交換了一個眼神：顯然這位嬌憨可人的靈族族長也不是個簡單的角色，絕不是如她的言行所表現出來般單純。

當琉璃準備介紹張雨陽時，卻見青年略帶激動地上前，雙目一眨也不眨地緊盯著洛艾，不太確定地詢問道：「妳是……艾姊？」

洛艾大剌剌地拍了拍張雨陽的肩膀，笑道：「小陽子，你總算認出我來了！」

左煒天驚奇地看了看二人，道：「洛姑娘便是張兄你的朋友？那個你心心念念要來中陰山尋找的恩人？」

張雨陽點了點頭，略帶羞澀地說道：「是的，因爲艾姊的樣子與小時候差別有點大，我一開始並沒有認出她來，聽到她的名字後才察覺到。」

洛艾揚起下巴，神情活像頭高傲的孔雀，道：「你就直說因爲我以前醜得讓你認不出來好了，這麼矯情做什麼，姊又不是個小家子氣的人。」

經洛艾的解說後，眾人才知道原來她身爲上任族長的直系血脈，從小便修煉著與眾不同的功法。

靈族功法須吸納陰寒之氣來修煉，這些煞氣對人體有著莫大的害處，只是他們在吸納煞氣的同時，修煉出來的內力能夠抗衡煞氣對身體的傷害。

然而洛艾的功法卻是起步艱難，雖然修煉到了後期，進境會比其他族人快得多，可是前期的進度卻收效甚微。加上前任族長對她非常嚴厲，不到萬不得已危及性命的時候，絕不會出手相助，任憑洛艾用小得可憐的內力來抗衡陰氣。

因此，當張雨陽與洛芠相遇時，年幼的她膚色發青、長髮枯黃，小小的身子更是瘦得像骷髏，看起來就是一副快要嚥氣的恐怖模樣。

直至洛芠修煉略有小成，身體才逐漸長肉，容貌也隨之變得漂亮起來。不再是先前那副人不像人、鬼不像鬼的樣子了。

聽過洛芠的解釋，眾人這才恍然大悟，明白爲什麼張雨陽認不出洛芠來。看向青年的眼神，也不由得帶上一絲敬意。

他們本以爲能夠讓張雨陽記掛多年的靈族姑娘必定長得國色天香，這才讓他一直難以忘懷。可事實上卻是眾人想偏了，當年的洛芠竟是個醜八怪，即使如此，張雨陽卻仍舊把對方放在心尖上記掛著。

雖然世人常說「人不可貌相」，然而愛美是人的天性，美麗的事物總能獲得人們喜愛。同樣，醜陋的東西卻要承受不少冷眼與偏見。

「等等！張兄，你喚洛姑娘作『芠姊』？」宋仁書一臉詭異地打量著無論怎樣看，年紀看起來都與琉璃差不多的洛芠。

洛芠挑了挑眉，道：「怎麼，小陽子喚我一聲『姊』不行嗎？本小姐大他兩歲，這聲『姊』我絕對當得起！」

宋仁書頓時語塞，眾人這才知道洛芠姑娘雖然長著一張混淆視覺的包子臉，但其實已經二十好幾了……

此時，洛明的肚子忽然發出咕嚕咕嚕的聲音，卻是餓出來的。這孩子知道琉璃入山後便在山寨入口處引頸期盼，連晚飯也還沒吃。

洛芠「嗤」地一聲笑了出來，隨即伸手拍了拍羞得滿臉通紅的洛明的頭顱，向神子等人提出邀請。

「正好到了用膳的時間，如果各位不嫌棄，就一起吧！好讓我們一盡地主之誼。」洛芠微笑著彬彬有禮地提出邀請……才怪！

這位靈族族長很剽悍地拍了胸口，頓時引起一陣波濤洶湧，看得一眾男士眼也直了。「算你們運氣好！本小姐今天正好打了一頭野豬，這種大傢伙並不常見，味道可鮮了！來來來！不吃就是不給我面子！」

眾人腦海裡不約而同地幻想著洛艾很剽悍地把野豬踩在腳下的樣子……不禁嘴角一抽，心想妳這位高貴的族長大人不是應該日理萬機、很忙碌的嗎？為什麼會空閒得去打獵呀!?

野豬肉有著一種獨特的香味，再加上廚子烹調時加了不知名的香料，食物還未上桌便已是香氣四溢，令人食指大動。

這頓晚餐就連不好腥葷的姚詩雅也吃得比平時多了點，看得葉天維暗暗點頭，心想該怎樣向靈族探聽烹調這道菜的祕訣。

白銀吃得讚不絕口，道：「山珍野味就是與眾不同！這種味道與肉質眞是太棒了，那些農家所飼養的牲畜根本無法比擬。」

眾人聽得一臉鄙夷，心想在進入山寨時，到底是誰質疑靈族是茹毛飲血的野人？

靈族並沒有食不言、寢不語的習慣，用餐時，琉璃順道將眾人的來意告知洛艾。聽過琉璃的請求，洛艾沉思片刻，便道：「我就在想妳竟然帶著神子前來中陰山，到底是什麼大事，想不到竟是佟氏現世……也罷，我雖然無法消滅蠱獸，但改造你們的體質、讓你們不畏蠱毒還是做得到的。」

眾人聞言大喜，琉璃也很乾脆地把令牌交出，道：「那就拜託妳啦！」

誰知洛艾卻把令牌推回去，道：「且慢，待我先問清楚一個問題，說不定能讓你們省下一次令牌的承諾。」

第九章　私訂終身

我就是看上了你，就是想伴隨你一起看看外面的世界。怎麼樣？你對我的選擇有意見嗎？

琉璃雖然不明所以，不過有好處的事情她當然不會放過，立即順勢把令牌收了回來。

靈族雖然沒做過什麼傷天害理之事，但也不是些俠義爲懷的老好人，因此誰也不會妄想洛芠會無償幫忙。最大的可能性，便是靈族有用得著他們的地方，想要與他們在不動用令牌的狀況下來一場交易。

宋仁書率先表態道：「如果靈族有須朝廷幫忙的地方，請儘管說出來，讓大家參詳一下。」

聽到宋仁書的話，左右將軍與姚詩雅皆頷首贊同。對祐正風三人來說，他們對於琉璃這個謎一般的小姑娘的感覺很複雜，既想相信她，卻又害怕相信她。因此如非必要，他們還是不想承她的情。

而姚詩雅則是單純爲琉璃打算，像令牌這種在必要時候能夠產生巨大作用的東西，能夠保留下來還是留下得好。這本就是朝廷與佟氏一族的較量，要付出代價的話，還是由他們這邊來付才合理。

此時張雨陽也反應過來了，只見青年擔憂地詢問道：「艾姊，有什麼是我幫得上忙的嗎？」

聶鷹本就希望從靈族手中討得天雪花來當丹藥的藥引，因此也很爽快地表示只要靈族有任何用得著他的地方，他也很樂意幫忙。

葉天維往往是最乾脆的一個，他道：「詩雅的事情便是我的事情。」

白銀懶洋洋地用牙籤剔著牙縫，臉上是吃飽喝足後的滿足，道：「雖然這事情與我沒有多大的關係，不過爲了小琉璃，也算上我一個吧！」

聽到白銀揚言是爲了琉璃，洛明飛快地看了白銀一眼，隨即陰沉著臉，也不知道在想什麼。

然而讓人出乎意料的是，聽到他們一個個爭相表白以後，洛艾一臉迷糊地反問道：「你們到底在說什麼？我好好的哪有什麼事情要你們幫忙？」

「算了，這些以後再說。」說罷，也不待眾人說話，洛艾便轉向張雨陽，問：「你什麼時候娶我？」

正在喝茶的張雨陽立即嗆到了！咳得死去活來，杯中的茶水也濺出一大半。

看到張雨陽的表現，洛艾臉上滿布寒霜，道：「你這是什麼態度？要是不願意就不要上山，既然依約前來，那就要娶我才對！」

想不到竟能看到一場逼婚的戲碼，眾人面面相覷，想要爲張雨陽說話，可這畢竟是人家的私事，外人不方便插手，而且他們也並不清楚事情的來龍去脈。

張雨陽咳得滿臉通紅，根本無法回話，只能痛苦地擺擺手，示意並不是洛艾所猜想的意思。

一名手拿抹布的侍女上前將濺出的熱茶抹乾，當侍女想要抹拭張雨陽手上的茶水時，青年卻迅速將手抽走。洛艾見狀，本來已不好看的神情徹底冷下來，洛明則是「嗤」地一聲冷笑，滿臉嘲諷。

洛艾拍桌站起，怒道：「既然你看不起我，那我也沒有硬要湊上來的道理。當年的事情就當是我自作多情好了！阿明，你替我安頓好他們吧！我累了，有什麼事情明天再說！」

眾人一頭霧水地看著洛芰怒氣沖沖地離去，現在他們也聽出了些端倪，敢情這次的逼婚是事出有因，二人早承諾在先啊！

「張兄你別只顧著咳嗽，到底怎麼了？」左煒天一臉好奇地詢問。

宋仁書也忍不住八卦道：「聽你們的對話，二人是早有婚約嗎？」

「還能怎麼了，就是他嫌棄我姊而已。」洛明聳聳肩，雖然少年這番話說得很平靜，可是眼神卻很冰冷，一點笑意也沒有。

眾人聽到洛明的話，這才知道少年是族長的弟弟，難怪這孩子面對洛芰沒有絲毫拘束，敢情這裡就是他家啊……

琉璃歪了歪頭，問：「會不會是有什麼誤會？張公子不像是個會始亂終棄的人，不然他也不用跟來中陰山見洛姊姊了。」

面對琉璃，洛明的態度總算好一些，但神色仍是非常難看。他道：「哼！你們也看到他的反應了，既然對我們靈族的屍煞那麼有意見，那即使勉強把姊姊娶回去，又怎會眞心待她好？」

看到眾人不明所以，琉璃解釋道：「那些戴著面紗的侍女並不是活人，全是由靈族煉化的屍煞。之所以戴著面紗，是因為它們都是最低階的屍煞，面容猙獰醜陋……」

原來那些行動與常人無異的下人，竟然就是傳說中的屍煞，想到剛剛還與它們那麼接近，眾人不禁心裡有點發毛，一臉不自在。

白銀詢問道：「要是持續用靈族的祕術煉製下去，這些屍煞的容貌便會變得與常人無異嗎？」

琉璃頷首道：「理論上可行。傳說屍煞的道行愈深，外表與舉止便愈像活人，甚至煉製至某程度時更能產生靈智，像活人般開口與人對話。在一些野史中，更有屍煞得道飛升的傳說。」

此時，張雨陽的咳嗽總算停止了。不理會明顯跑題的琉璃二人，青年苦笑著解釋道：「洛明，你們剛才都誤會了。雖然我因為小時候曾被艾姊所救，因而知道這些侍女是屍煞。可我之所以避開它們的觸碰卻並不是因為害怕，更沒有厭惡你們這些喪修的手段。我當時之所以把手抽開，是因爲男女授受不親，雖說侍女只是沒有生命的屍煞，但男女有別，太親密仍是不妥。」

聽到張雨陽的解釋，宋仁書哭笑不得地說道：「也就是說，張兄想在洛姑娘面前保持君子形象，結果卻反將人惹惱了？」

宋仁書這番話是有根據的，畢竟同行期間也沒見張雨陽有那麼多忌諱，對於姚詩雅與琉璃兩名姑娘有禮卻不疏離，落落大方且不迂腐。他反應那麼大地即時抽手，大概也只是爲了在心儀的姑娘面前留下好印象罷了。

就像有美貌的姑娘路過時，男性總忍不住會多看兩眼。可當戀人在身旁時，往往便會變得目不斜視，做出一副正人君子樣。可惜張雨陽這次卻是適得其反了。

「洛明，這真的是誤會，請你幫忙在芠姊面前美言幾句吧！」看到洛明的表情緩和下來，張雨陽向少年連連拱手請求。

對於張雨陽的解釋，洛明倒是沒有懷疑。如果張雨陽眞的不喜歡他們這些喪修，便不會在多年後的今天回到中陰山了。

洛芠是因爲太著緊所以關心則亂，洛明倒是心裡像明鏡似地，先前的忿怒大多是爲了試探這個未來姊夫的眞心，當然還有下馬威的成分在。

現在張雨陽的表現對他來說還算令人滿意，因此洛明並不介意幫他一把，對於青年的請求，也就順勢應允下來。

看到二人一副心照不宣、不打算向他們解釋的樣子，左煒天追問道：「張兄，你與洛姑娘到底是怎麼回事？」

張雨陽解釋道：「當年我在中陰山與父親失散，僥倖被艾姊所救。她一直對外面的世界表示強烈的興趣，詢問了很多外界的事情。當時我便奇怪，既然她那麼嚮往外面的生活，爲什麼不出去看看呢？」

「艾姊便解釋她的身分在靈族比較特殊，除非她嫁給外界的人，不然便一輩子都不能離開中陰山。當時我看她說得淒楚，再加上也很喜愛艾姊那不拘小節的爽直個性，因此便承諾長大後娶她爲妻。然而那時候她卻沒有回應，只說要我回去考慮清楚，長大以後如果主意還未改變，便回中陰山迎娶她。」

眾人這才知道張雨陽這次上山，原來還懷著娶妻的打算。

宋仁書問：「既然如此，怎麼你現在才上山？雖然你先前說洛姑娘爲了你而犯了族規，可這婚姻大事，要是你到中陰山求親，相信靈族也不會把你轟下山。」

張雨陽嘆了口氣，道：「一來是因爲中陰山內滿布凶險，與各位同行比較安全。二來，也是因爲爹一直不允許我娶靈族爲妻，後來抵不過我不斷懇求，他才逐漸鬆口。」

靈族的風評在外界不算好，張成又只有張雨陽一個獨生子，自然希望他能夠娶一個知書達禮，能夠主持中饋、約束侍妾的世家女。眾人聽過他的解釋後，也明白爲了爭取家裡的諒解，張雨陽這些年來必定沒有少費心力。

心細如髮的祐正風想了想，略帶擔憂地問道：「洛姑娘貴爲靈族之長，要是她嫁爲張家婦後，那靈族怎麼辦？」

洛明聳了聳肩，道：「那就要看她的丈夫是入贅還是娶妻了。如果是入贅便沒有任何問題，夫妻二人繼續在中陰山生活便是。如果是娶妻……既然她冠上了別人的姓氏，那便失去當族長的資格。所以如果族長決定嫁至張家，族長之位便由我來繼承。」

聽到洛明的話，張雨陽有點爲難地說道：「我是張家的獨苗，有著傳宗接代的責任，入贅的話卻是不妥。」

洛明卻像早已知曉張雨陽的選擇般，對此並沒有絲毫異議，道：「就知道你會這麼說，反正我姊她一直嚮往外界的生活，只要你往後對她好便可以了。要知道她可是寧可放棄族長之位，也選擇嫁你爲妻的！」

聽聞如此話語，張雨陽鄭重應允下來。

感受到張雨陽的眞誠，洛明點了點頭，隨即突然要求道：「跟我到屍塚去。」

這般突然的話，張雨陽不禁神色一變。只因屍塚是中陰山的至陰之地，也是靈族用來養屍煉屍的地方。

洛明該不會不滿意他的答覆，要把他煉成屍煞吧？

琉璃上前，一掌往洛明的後腦勺拍下去道：「把話說清楚，別欺侮老實人！」

洛明摀住被打的頭顱，委屈地抿起了嘴道：「是他沒讓我把話說完，便自個兒胡思亂想。而且我快成爲靈族的下任族長了，妳別老是打我的頭好不好？」

說到將會出現的身分轉變時，洛明高傲地向白銀揚起下巴。他不喜歡這個一見面便害他被琉璃責罵的少年，更不喜歡琉璃對白銀隱隱表露出的在意與維護。

雖然白銀吊兒郎當地站在琉璃身旁，完全沒有武林高手應有的樣子，琉璃介紹他的時候，也只以「我的朋友」這種說了等於沒說的身分輕輕帶過。但洛明卻不會天眞地認爲這個看起來只有一張清秀臉龐可取的少年，眞的如同他所表現出來般好欺侮。

只因洛明很了解琉璃，能夠被她看得上眼的人，即使不是洪水猛獸，也應該相距不遠了。尤其先前他向白銀下毒的時候，雖然表面上看似是白銀吃虧，但洛明沒有表現出來的是，從他出手的瞬間便一直感到一股令人心悸的危機感。洛明相信即使琉璃不爲白銀出頭，最終白銀也有辦法讓他把毒解了。

因此洛明雖然不喜歡白銀，可往後卻沒有繼續找他麻煩，而是選擇亮出下任靈族族長的偉大身分，希望對方能夠知難而退，離琉璃遠一些。

看著洛明孩子氣的舉動，琉璃心裡暗暗好笑。心想洛明要與小白拚背景實在一點兒也不划算啊！雖然他們一個是白家莊少莊主，一個是靈族的下任族長，看起來二人的地位好像半斤八兩，但說到拚爹的話，靈族族長的地位怎樣也拚不過身為武林盟主的白天凌啊！

靈族一直龜縮在中陰山的話倒沒什麼，但只要他們再次出世，即使洛明成了靈族族長，也要受白家莊的約束啊……

要是讓得意洋洋、自我感覺良好的洛明知道眞相，不知道會不會氣得吐血？

畢竟與洛明相識一場，旁觀著不作聲的話好像有點不厚道，因此琉璃想了想，還是放棄了看好戲的心情，小聲向洛明講解白銀的背景。

得知眞相後，洛明的臉瞬間紅了起來，尷尬得招呼也不打一聲，轉身便往屍塚裡走。

琉璃上前拍了拍還處於狀況外的張雨陽，道：「快點追上去吧！既然洛明叫你跟著他，我想艾姊姊應該在屍塚。」

張雨陽聞言大喜，立即跟上去。

琉璃往姚詩雅投以詢問的視線，神子雖然對屍煞有著本能的畏懼，卻禁不住好奇心，道：「我們也一道過去看看吧！」

看琉璃笑嘻嘻地拉著姚詩雅走，葉天維等人自然跟上。宋仁書好奇地詢問白銀：「剛剛任由洛明向你示威，這不像你的性格。」

白銀笑道：「我才不會與一個孩子一般見識，而且我喜歡看小琉璃爲我出頭的樣子。」

宋仁書翻了翻白眼，他總算看出來了，白銀分明是利用洛明幼稚的舉動來顯出自己的大度。即使不計二人的背景與武力值，單以心計而論，白銀與洛明絕不在同一個級別，十個洛明也鬥不過一個白銀啊！

屍塚正處於洛家大宅的地底，言談間，眾人發現氣溫逐漸變冷，心情竟也隨著溫度的變化而不由自主地變得低落，再也沒有說話的興致。

眾人知道這是由於陰煞之氣的影響，忍不住暗嘆世間的神奇，也佩服以此來修煉、發明出「喪修」一途的靈族。

在神子等人的預想中，屍塚是個充斥著屍骸、血腥、屍臭與死亡的恐怖之地。然而出乎眾人預料，屍塚竟然是一座非常巨大的湖泊！

看到湖畔的瞬間，眾人便感到數道非常強大的氣息鎖定他們。也不知道是來自藏身暗處、護衛著湖泊的靈族族人，還是來自於湖泊深處的屍煞。

對此眾人不太在意，像屍塚這麼重要的地方，自然有高手把守，可以預想要是沒有在洛明的帶領下闖了進來，絕對會受到守衛的猛烈攻擊！

洛芠此刻正站在湖泊前，看到佳人黯然神傷的樣子，張雨陽什麼也不管了，拔腿便跑到洛芠身旁。

人家小倆口正在打情罵俏，神子等人自然不會那麼不識趣地湊過去。反正這個地下空間大得很，眾人便緩步走至另一旁，觀察著四周的景色以打發時間。

聚陰之地位於中陰山內部，也不知靈族到底開鑿了多少洞穴，所有洞穴連起來便是一座迂迴曲折的迷宮。要是沒有靈族族人帶路，眾人也沒有自信在這種複雜的地形下，自行找到出口。

洞穴內部雖然沒有設置火把等照明物，可湖泊表面卻凌空飄浮著大量青綠色火光，以致眾人仍能在陰暗的環境下視物。

這些火光看起來有點像九尾狐妖的狐火，卻又比狐火多了種陰森的感覺。相較於狐火的破壞力，這些綠色火光柔和多了，即使人體觸碰到也只是讓人感到一陣刺骨的寒冷，不會對人體造成傷害。

這些被靈族稱爲「鬼火」的火焰也許有著特殊的用途，眾人即使心裡好奇，但識趣地沒有詢問，以免被誤爲有心探聽靈族的機密。

屍塚中凝聚的並不是眞的湖水，而是陰氣過於濃郁而實體化成的液體。其色澤在亮麗的銀藍與銀綠之間不停變幻著，有著尋常湖水所沒有的瑰麗。

一般來說，大自然形成的事物愈是美麗，往往便代表著危險。這些帶有迷幻冷光的湖水是天下間至陰至寒之物，也是靈族用來煉製屍煞的最佳溫床。雖然對喪修與屍煞皆大有裨益，可是對別人來說，卻比見血封喉的劇毒更為可怕。只要被濺上一滴，瞬間便會連同五臟六腑也凝結成寒冰，殺傷力極大！

張雨陽雖然嘴巴笨拙，不擅長哄女生，但青年勝在本性純良、待人真誠。很多時候真心實意的話語，比起甜言蜜語更讓人心動。眾人遠遠看到張雨陽滿臉歉疚地說了幾句話，很快便讓一臉寒霜的洛芠轉怒為喜。

看到張雨陽把洛芠哄得服服貼貼後，帶著她往眾人走過來，眾人不禁對青年敬佩不已。

若說身為靈族的洛芠是讓人驚懼的危險人物，那麼，三言兩語間便令洛芠態度軟化下來的張雨陽便更加可怕了。

只見迎面而來的洛芠向琉璃嫣然一笑，道：「妳可以把令牌省回了，作為……」說到這裡，女子臉上一紅，即使身為統領屍煞的靈族族長，可是卻是個表情鮮活的姑娘，含羞答答的樣子與一般害羞的小姑娘無異。她道：「我既然身為小陽子未過門的妻子，他的朋友有難，我自然是要幫忙的。」

說罷，洛艾肅然低喝道：「十二屍將領命！」

隨著洛艾的命令，從湖水中躍出了十二道身影！

隨時保持警戒的祐正風等人立即把神子護在身後，手更是已迅速將武器拔出。

琉璃見狀，連忙阻止道：「快把劍尖垂下，別刺激它們！沒關係的，這些都是艾姊姊的本命屍煞。」

洛艾身為靈族族長，煉製的屍煞自然不同凡響。這總數十二名的屍煞單單只是站立在湖畔，便已讓神子等人感到一陣強烈的死亡氣息撲面而來。

這些被稱為十二屍將的屍煞清一色為男性，這也不難理解，畢竟男性的體格天生比女子有優勢，而靈族給洛艾煉製屍煞的「材料」自然是最好的。

十二屍將並沒有用黑紗遮掩容貌，長相驟看與常人沒有太大的差異，就是膚色異常地白，皮膚下隱約看得見的血管全泛著死亡的青黑色。

這些屍煞前身死於壯年，然而它們的頭髮卻像老人般雪白。最詭異的地方便是它們的雙目；屍煞的瞳孔一直處於擴張的狀態，目光渙散沒有焦距，一看便知絕不是活人能有的眼神！

此刻，十二名屍煞全數向洛艾單膝跪下，此時她就像個尊貴的暗黑王者，而這些屍煞則是被她掌握著生死的子民。

看到這幅情景，張雨陽心裡閃過一絲猶豫。洛艾彷彿天生便該成為這些屍煞的主宰。他心裡不禁反問自己，把她帶到外界，讓她成了一頭失去羽翼的鳥兒，這樣子真的好嗎？

彷彿看出張雨陽的猶豫，洛艾高傲地仰起頭道：「我就是看上了你，就是想伴隨你一起看看外面的世界。怎麼樣？你對我的選擇有意見嗎？」

「不……」張雨陽笑了笑，道：「我只感到有點不真實。艾姊……」在接觸到洛艾不爽的視線後，張雨陽這才想到現在對方已是自己的未婚妻了，再喚對方為「姊」確實不妥，便從善如流地改了稱呼：「阿艾妳的嫁妝實在出乎我的意料。」

張雨陽把十二屍將形容為「嫁妝」倒是一點也沒錯，屍煞都是主人的私有物，這些屍煞是洛芠多年來的心血，也是她修煉的根本，嫁去張家時自然要帶著它們。

聽張雨陽把話說得如此理所當然，對她帶著屍煞進門的打算全沒有表露出絲毫不滿與抗拒。洛芠勾起嘴角，笑的時候總會露出甜甜的酒窩，她甜美可人的容貌實在太具欺騙性了，不開口時，無論誰看到都會以為是個涉世未深的小姑娘。她道：「十二，把你的內丹給我。」

聽到洛芠的命令，其中一具屍煞站起，隨即一手插入自己的胸膛！當它從胸口拔出一枚泛著光亮的青黑色珠子時，這具實力強大屍煞的氣息立即變得虛弱。雖然外表依舊健壯，可眾人有種感覺，現在這名為「十二」的屍煞外強中乾，他們能夠輕易把它擊倒。

洛芠把十二的內丹放進湖水裡清洗乾淨，隨即便在衣服上擦拭了一會兒，這才把內丹拋給琉璃。洛芠的動作很仔細，不過不仔細也不行，無論是屍血還是湖水，對普通人來說都含劇毒，她道：「這個借給妳，你們只要拿著十二的內丹進入屍塚，便能暫時抵抗陰寒之氣的傷害，並利用它來改善體質。」

「只要在湖水泡上半個時辰，三年內無論是蠱蟲還是毒物都無法對你們造成任何傷害。雖然你們有神子這個萬毒的剋星在，應該也不怕被人下暗手。可神子卻無法時時刻刻留在你們身邊，自個兒有抗毒的能力也能方便行事……這算是還了你們把小陽子給我帶回來的情分吧！」

張雨陽想抗議既然他也改了稱呼，稱洛艾爲「阿艾」，那至少希望對方能親暱地喚自己一聲「阿陽」。不過思及洛艾今天才剛生了自己的氣，青年還是決定遲些再與對方討論這個稱呼的問題。

琉璃笑著揚了揚手中的內丹，道：「那就謝謝了！你們成親時記得通知我，也好讓我這個媒人能來喝一杯喜酒。」

看到姚詩雅他們獲得想要的東西，聶鷹有點急了。洛艾見狀，安慰道：「天雪花我還有不少存貨；明天我會另外派一名對蠱毒素有研究的族人隨行。有了解毒的丹藥，再加上族人的診治，要解那些山民的毒絕對十拿九穩。」

洛艾早已從琉璃口中得知聶鷹的來意，對於男子不忘本的性情她很是欣賞，也不介意幫對方一把。

聶鷹聞言大喜，向洛艾拱手道：「多謝洛姑娘大義！」

洛艾笑道：「你也不用感謝我，要不是琉璃為你說上百般好話，我也不會輕易幫忙。要感謝的話，你還是去謝琉璃吧！」

聶鷹向琉璃感激地點了點頭。雖然男子並沒有對琉璃道出任何承諾，卻已把姚詩雅及琉璃的恩惠記在心裡，往後只要這兩名姑娘有用得著他的地方，聶鷹必定不會推辭！

第十章　張家覆滅

人們都說復仇難，可是誰知道要把仇恨放下，
卻是比復仇困難千千萬萬倍的一件事情？

前任靈族族長、洛芝的父親已經過世，然而她的母親依然健在。張雨陽想要娶洛芝爲妻，自然免不了她母親這關。

洛夫人雖然已年過四十，可是由於一張娃娃臉，看起來只像三十歲的樣子。看到她的容貌後，眾人總算知道洛芝那副混淆視覺的容顏是遺傳自誰了。

本來張雨陽已做好被對方留難一番的準備，然而洛夫人聽過青年的來意後，卻爽快把二人的婚事定下來。只因洛芝早已在多年前把張雨陽的約定告知洛夫人，並且爭取母親的支持，這也是她直至現在都還未婚配的原因。

洛夫人見張雨陽一表人才，更難得的是對自己女兒的眞心，不由得丈母娘看女婿，越看越歡喜。

靈族婚嫁並沒有太繁複的程序，據洛夫人的意思，只要選個好日子把洛芝迎娶進張家便可以。然而張雨陽身爲張家獨子，加上張成在鎮內也算得上是個有頭有臉的人物，娶兒媳這麼大的事情自然不能草率行事。何況張雨陽也不願委屈洛芝，至少在青年的認知中，三書六禮是絕對不能少的。

雖然洛芠對於繁文縟節嗤之以鼻，可卻不願表現得太心急，看起來好像急著把自己嫁出去似地，免得被張家人看不起。因此洛芠雖然很不捨，但還是決定依照張雨陽的意思與青年分別，靜待張家走正常的程序，遣使上靈族求婚。

至於媒人，則由領受了靈族恩惠的聶鷹自薦。這讓張雨陽暗暗鬆了口氣，以人們對靈族的畏懼，要是沒有聶鷹幫忙，張雨陽一時還眞想不到有哪個媒人膽子夠大來當他們的媒人。

這次的中陰山之行眾人收穫豐富，身體被屍塚的湖水洗滌過後獲得了抵抗蠱毒的能力，這在對上佟氏時，絕對是保命的底牌。

而聶鷹也成功獲得煉製丹藥所需的天雪花，並在葉天維煉出丹藥後，與一名擅於解毒的靈族人十萬火急地趕著去爲一眾山民解毒。

與洛夫人見過面，算是把小倆口的事情定下來後，神子一行便告辭了。

「詩雅，你們還是隨同我回張家嗎？」張雨陽奇怪地看著尾隨在自己身後的神子一行人，自從知道姚詩雅等人的身分後，青年便知道他們先前暫住在張府絕不是因爲盤纏不夠。

先前張雨陽一直沒詢問他們想在張府借住多久，主要是因爲姚家衰落，青年不希望因爲這疑問，讓姚詩雅誤以爲張家不耐煩他們的借宿，又或者看不起他們。可得知姚詩雅貴爲新任神子後，張雨陽察覺到他們賴在張家這點並不尋常，便不得不把事情問清楚了。

對於張雨陽的詢問，眾人皆露出爲難的神情。只因青年性情純良正直，要是讓他知道父親當年的行徑，必定會受到很大的打擊。

想了想，姚詩雅便道：「張大哥，這事我們回到張府後，讓張叔叔親自對你說吧！」

對於姚詩雅的話，宋仁書等人並沒有異議。現在張雨陽已經知道他們的身分，也是時候向張成攤牌了。

聽到事情果然有內情，而且父親還是知情人，張雨陽心裡生起不祥的預感。然而姚詩雅已然把話挑明，認爲應由張成親口告訴自己比較好，因此青年雖然滿肚子疑問，但也沒有追問下去，滿心希望快點回到張府，好詢問父親事情的始末。

雖然因爲張成的生意愈做愈大，張雨陽成了秋風鎮的首富之子，可他一直認爲自己只是個平凡的普通人。對於平淡的生活，青年沒有絲毫排斥，他最大的目標便是娶自己喜歡的姑娘爲妻，平凡地結婚生子，平凡地老去。

張雨陽之所以學武，也只是爲了強身健體。對於這名善良的青年來說，他從來沒有想過要使用一身武藝成就什麼大事，因此一直以來對於學武不太上心，只習得一些粗淺的拳腳功夫。

直至此刻，看著張家家門前倒臥的屍首，張雨陽的心裡無法控制地生起了強烈的殺意，並且悔恨自己爲什麼從不認眞練武！

他好想親手把闖進張府的殺人凶手殺死！但張雨陽知道這只是妄想，當家族出事的時候，他首次發現到自己竟是如此地軟弱無力。

「爹！」隨著聲嘶力竭的呼喊聲響起，張雨陽的神情因突如其來的變故而變得猙獰慌亂。在目擊倒臥在大門前的護院屍體後，張雨陽只愣了兩秒，便面色鐵青地衝進破碎了一邊的大門裡。

「等等！小心有埋伏！」祐正風想要拉住青年，怎料張雨陽激動之下竟激發出潛能，速度比平常快了幾分，讓祐正風伸出的手在半空錯過了。

看著張雨陽的背影消失在視線裡，眾人對望一眼，立即神色凝重地從後追上。

「詩雅，我們留在外面吧！」葉天維拉住想要跟隨眾人跑進大宅的神子，從看到大門旁的屍體時，青年已猜想到最壞的狀況了。

張府……也許已經沒有任何活口。

雖然姚詩雅在這段旅程中，早已證實自己並不是嬌弱得受不住刺激的溫室小花，然而葉天維還是不希望戀人看到任何殘忍的畫面。

神子卻搖首說道：「我是唯一能夠治療蠱毒的人，這次說不定有用得著我的地方。」說罷，俏臉一紅，小聲說道：「不過我還是有點害怕，你牽著我的手可以嗎？」

葉天維訝異地看著滿臉通紅、把頭垂得完全看不見表情的戀人，不禁爲少女難得的大膽發言而驚愕。阻止姚詩雅內進的決心，也在少女的輕柔細語下煙消雲散。

雖說二人牽手並不是第一次，然而由害羞的姚詩雅主動提出來卻是絕無僅有，這種被需要的感覺大大滿足了葉天維那身爲男人的虛榮心。

被姚詩雅抱在懷裡的小白獅，見狀翻了翻白眼，心想主人還眞厲害，三言兩語便把這個冷酷的男人吃得死死的。

主人威武！主人英明！

進入張府後，懶洋洋地賴在姚詩雅懷裡的神獸一改先前的懶散，目光銳利地東張西望，小心翼翼警戒著。一雙短小的圓圓耳朵不斷改變角度，凝神接收著來自四面八方的微細聲音。烏黑黑的三角鼻子也不住抽動，探索著空氣中的味道，甚至咽喉間更發出細微的咆哮聲，表現出一副如臨大敵的模樣。

是牠！牠曾來過這裡！

蠱獸是佟氏一族用來對付神子的終極武器，神獸則是看守封印結界的守護者，雙方的身分早已註定兩者相見必定不死不休！

一直守護著蠱獸封印的小白獅，輕易便能清楚辨別出空氣中殘留著的、牠的天敵的氣味！

愈是往內走，眾人神色便愈是肅穆。雖然張家人丁單薄，但除了張氏父子二人外，一眾下人也足有百人之多。沿途觸目所見，滿地皆是下人的屍體，不見活口。與大門的狀況一樣，宅第中沒有絲毫血跡，只有一具具倒臥在地的蒼白屍體，這情景卻更讓人感到膽寒。

姚詩雅探望了好幾名下人的屍體，發現有些下人仍尚存一息，可惜身體早已被蠱蟲侵襲得千瘡百孔，憑她的神力根本無法讓他們復元，只能眼睜睜看著這些生命悄然流逝。

「爹！你怎麼了？你、你別嚇我！」

再次聽到張雨陽的呼喊，眾人立即循著聲音趕至大廳。只見大廳倒臥著數人，張雨陽則是悲傷地伏在其中一人身上嚎啕大哭，這不是張家家主張成是誰了？

姚詩雅也顧不得千金小姐應有的禮儀，拉起裙襬便快步往張家父子奔去。隨即也不管是否會弄髒一身淡色衣裙，便跪在張成身旁檢查起對方的狀況。

張雨陽臉上閃過一陣狂喜。在這段相處時間中，神子一行人的神奇早已深植青年心裡，此刻姚詩雅的舉動讓絕望的青年生出一絲希望。

張成早已沒有呼吸脈搏，可是身體仍保持些微溫暖，肌肉也沒有死者應有的僵硬感，神子弄不清楚對方的狀況，只能死馬當活馬醫地把神力灌注進去再說。

果然張成並未死透，在神力的滋潤下再次出現微弱呼吸，脈搏也再次鼓動。

良久，男子總算緩緩睜開雙目。

「爹！」

看著臉露狂喜、激動不已的獨生子，張成露出溫暖柔和的眼神，張了張嘴正想要說什麼，眼神卻在看到拿起他的右手開始把脈的琉璃時猛然睜大。隨即不知從哪兒生出來的氣力，張成一把將身旁的兒子拉開，指住少女怒吼道：「就是她！正是這女子下的毒手，她放出一群像黃蜂般的飛蟲，這些飛蟲從口鼻湧入人體，要把我們張家的人硬生生折磨至死！」

張雨陽聞言大驚，阻擋在張成身前，並向琉璃投以仇恨及警戒的視線。

見狀，琉璃無奈地提醒道：「我可是一直與你們在一起的。」

被少女一言驚醒，張雨陽不禁滿臉通紅，爲剛才的無禮舉動及內心生起的仇恨尷尬不已。的確，琉璃這兩天都與眾人一起身處中陰山裡，中陰山離張府足有大半天路程，要說她能抽出時間前往張府滅門似乎不太可能。

祐正風爲人謹慎，仔細探聽著詳情，向張成問道：「請問張府是什麼時候受到襲擊的？」

張成驚疑不定地打量著琉璃，即使在回答祐正風的詢問時，也沒有把緊盯少女的視線移開，他道：「就在昨晚，這個姑娘突然闖了進來。隨即也不見她有什麼大動作，只是輕飄飄地手一揚，一群狀似黃蜂的小飛蟲便把張府淹沒，所有人……所有人都倒下了……」

張成僅剩的體力因剛才的大動作而消耗不少，加上看到前往中陰山的兒子平安無事地歸來，心裡的記掛消除後便再也支撐不住。光是說上數句話便已很吃力，說到後來更是斷斷續續地喘著氣。

「爹，我們知道了，你先別說話。」張雨陽向琉璃投以歉疚的眼神。闖入張府的人顯然不是琉璃，只因昨夜少女還與他們一起在中陰山借宿一宵。

琉璃也不是小家子氣的人，雖然張成把她誤認爲凶手，但少女仍是費心力地爲他把脈診斷。可惜最終得出的結果，卻是張成的身體受到蠱蟲侵佔，姚詩雅的神力只能暫時保住他的性命，卻無法將他完全治癒！

此時，輸送著神力的姚詩雅身子一晃，在旁默默注視著的葉天維眼明手快地扶住少女的肩膀，頓時把眾人的注意力都吸引了過去。

看著神子虛弱不已的神色，眾人心裡一沉。琉璃的診斷顯然沒錯，張成體內生機已斷，神子輸入再多神力都如同石沉大海般，只能勉強延續張成的生命。

不要說姚詩雅只繼承了一半力量，即使是擁有完整神力，也總會有力竭的時候。只要姚詩雅終止輸送神力的動作，張成體內的蠱毒便會立即失去控制，最後必定性命不保。

看著姚詩雅益發變得虛弱的神色，葉天維多次想勸少女罷手，然而看到張雨陽臉上的痛苦與擔憂，即使冷傲如他，也無法把話說出口。

來到秋風鎮後，眾人沒少受張氏父子的照顧，加上葉天維對張雨陽這個性情溫和純良的青年印象不錯。雖然心疼戀人辛苦，可是葉天維終究沒有出言阻止，心想也就任由姚詩雅把神力輸至力竭爲止吧！也算是報答張家這些天以來的照顧。

不久，姚詩雅的神力便出現後勁不繼的跡象，漸漸抑制不住張成體內的蠱毒，再這樣下去，張成被蠱蟲噬咬至死也只是遲早的事情！

琉璃猶豫了一會兒，隨即下定決心般毅然上前道：「他身中的蠱毒，其實也不是完全沒有解決的方法。」

張雨陽立即露出又驚又喜的神情：「妳有辦法？」

琉璃取出精緻的繡花袋，只見她伸出食指在布袋上劃上一道簡單的符咒，一顆散發著燐光的丹藥便從布袋飛出，穩穩飄浮在少女面前。一時間室內充斥著濃濃的藥香，光是這丹藥的香氣竟然便有壓抑蠱毒的奇效，張成的神情立即輕鬆了不少。

葉天維失聲驚呼道：「定神丹？」

「分別時師父給我的。」琉璃頷首並將手心張開，空中的丹藥立即乖巧地飛至少女手中。

從那個小小繡花袋出現的瞬間，宋仁書便露出既意外、又感到不可思議的古怪表情，驚疑不定地打量著手持丹藥的少女。然而眾人的心神全都放在丹藥上，並沒有人留意到這位年輕丞相的異樣。

「雖說定神丹是非常珍貴的靈丹妙藥，可藥效不是讓人安神定心、在武道有所突破或是走火入魔時服用的聖藥嗎？」出身武林世家的白銀見多識廣，更重要的是，少年曾見識過這種定神丹的功效，一語道破了丹藥的用途。

琉璃點點頭道：「小白所言不差，不過這顆丹藥本是師父特意親自為我煉製，用以在功力晉升時服用，藥效自然不是尋常丹藥所能媲美。雖然無法徹底驅除張老爺體內的蠱毒，卻能令蠱蟲安安靜靜的不再折騰。不過……」

「怎麼了？」事關父親安危，張雨陽立即緊張追問。

琉璃向青年展露一個安撫性的善意笑容，道：「由於蠱蟲在定神丹藥效下只是沉睡，並不是一勞永逸地被徹底排除體外。爲免刺激到沉睡的蠱蟲，張伯父此生絕不能動武，只能像普通人一般生活了。」

聽到後遺症只不過是無法動武這點小事，張雨陽立即如釋重負地吁了口氣。反正身爲商人的張成又不是依靠武力吃飯，即使是再大的事情，在性命面前都只是浮雲。

張雨陽甚至已經想好，明天便重金禮聘一些武林高手來作爲父親的貼身護衛。畢竟張成才剛遇襲，凶手還未抓到……

「這顆丹藥是貴師尊特意爲姑娘煉製的，姑娘把它讓給我，這……」短短的一句話已令張成說得額角滿是冷汗、氣喘不已。然而看男子的雙目透露出眞誠，這番話並不是出於禮數的虛僞推辭，可以看出張成是眞的爲此感到很不安。

琉璃明亮的眸子閃過一絲欣賞的神色。丹藥一事關乎性命，但張成仍是如此詢問，這種光明磊落的行徑實在讓人敬佩。

也許這個男人終其一生，也就只是爲了病危的兒子而做過如此一次埋沒良心的事情吧？

琉璃甜甜一笑，把丹藥硬塞至張成手裡，道：「人命關天，而且……就當作我爲『那個人』所做的小小補償吧？」

張成聞言冷冷問道：「姑娘是指那名與妳容貌相似的少女？」回想二人相似得會讓人認錯的長相，怎麼看也不像兩個完全沒有關係的陌生人。

幽幽地嘆了口氣，琉璃素來輕鬆愉快的臉龐上難得展露出落寞的神情，道：「張伯父還記得十年前，那個母親被殺、被你們誣衊的小女孩嗎？」

姚詩雅聞言驚呼，雙目一眨也不眨地凝望著身旁的琉璃。

張成卻是全身一震，想要辨認什麼似地認眞盯著琉璃的臉良久，忽然萬念俱灰

地閉上眼睛，輕聲喃喃自語：「是她……竟然是她……原來是這樣嗎？報應……是報應啊……」

「爹！你怎麼了？」看到性子堅毅的父親竟露出如此頹廢的神色，張雨陽驚疑不定地看了看張成，又看了看琉璃。在聽過他們的對話後，即使對十年前的事情一無所知，但張雨陽也察覺出不尋常了。

張成嘆息著對逃過一劫的獨子叮囑道：「雨陽，你聽爹的話，不要報仇，也不能記恨，張家的事情是我們咎由自取，怨不得別人。是爹對不起人家，也害了張府上上下下的人，事後對死去的下人要厚葬，也要好好補償他們的親人。」

看到張成萬念俱灰的神情，張雨陽頓時慌了，道：「爹，你在胡說什麼！」

看著眼前這長相像極了已過世妻子的獨生子，張成眼中盡是歉疚與不捨。人總是自私的，即使重來一次，在明知將來的結局下，他仍會選擇那條埋沒良心的道路，爲了這善良而出色的兒子，爲了保全他與妻子的血脈！

「雨陽，有些事情也該讓你知道了。我房內床下有一個暗格，裡面藏有寫了事情始末的手箋。」

說罷，張成不理會急得雙目通紅的兒子，忽然全力催動內力！

受到姚詩雅神力壓制的蠱蟲，頓時像嗅到血腥味的鯊魚般紛紛狂暴起來，瘋狂地噬咬張成的心脈。只見張成噴出一口鮮血，雙目一閉便斷絕了生機。

「爹！」沒有理會早已被鮮血弄髒的前襟，張雨陽撲在父親身上放聲大哭。

姚詩雅默默收起傳輸神力的手，神情哀悼地嘆了口氣。

張雨陽的娘親早逝，他從小由父親獨力撫養長大，與張成的感情比尋常父子還深厚。再加上張府剛才受到毀滅性的打擊，身為唯一倖存者的青年心裡到底有多苦多難受，這是旁人無法理解的。

偏偏父親的遺命卻是不許他復仇，這讓張雨陽滿心的恨意只能悶在心裡，無處宣洩。

人們都說復仇難，可是誰知道要把仇恨放下，卻是比復仇困難千千萬萬倍的一件事情？

尾聲

依照張成死前的指示，張雨陽找到了他留下來的一張手箋，裡面記載著姚夫人買凶殺害姚二夫人與姚樂雅的經過。

從姚夫人接觸因獨子的病而束手無策的張成，到他們如何策劃暗殺，姚樂雅逃脫回到姚家以後，他們如何串通證供誣衊她……整件事情的經過在手箋裡都有詳細的記載。

張成在信箋末寫下了他的愧疚與痛苦，自從他與姚夫人狼狽爲奸，陷害姚樂雅這個小小的女孩以後，這麼多年來，張成無時無刻都受到良心的責備。他更從沒有放棄過尋找姚樂雅，一直暗暗搜尋著那孩子的蹤跡，想要補償對方。可是姚樂雅卻像消失一般，無論張成投入再多人力、物力，也尋不到她絲毫消息。

張成更在信箋中叮囑後人，在他死後須努力不懈地尋找姚樂雅的蹤跡，要是找到那女孩，或者她的後人，看到這封信的張家後人須把家財贈予對方，因爲這是張家欠他們的！

看到這裡，眾人總算明白張成爲什麼會事先留下這封信箋，原來是給後人看的！

一時間，憎恨、愧疚、震驚等複雜的情緒浮現在張雨陽臉上，從小他一直把父親視爲模範，在他眼中，父親嚴明、善良、正直，可原來這個在他眼中近乎完美的男人，曾爲了他這個患有重病的獨生子，昧著良心犯下了如此大的過錯！

雖然明知張成當年如此迫害姚家母女實在是天理不容，但人總有親疏之分。張雨陽在得知眞相後，對姚家母女愧疚的同時，更多的卻是對父親的心疼。

他清楚父親絕不是個貪圖富貴的人，之所以會答允姚夫人的條件，完全是爲了自己著想，只是爲了保住他這棵張家的獨苗！

可以想像，這些年張成的良心到底受著怎樣的煎熬。

對於信箋所寫的內容，張成並沒有瞞著神子等人。看過信箋後，姚詩雅只感到滿心的悲傷。

這事到底怪得了誰？姚夫人的狠毒？姚樂雅的復仇？還是殺手與作證者的貪婪？

姚詩雅不知道，她只是覺得這些人全都很可悲……

「琉璃姑娘，妳……到底是什麼人？」姚詩雅放下手中的信箋問道。

她曾以爲這個好管閒事的小姑娘便是她失散已久的妹妹姚樂雅，可如果殺死張成的凶手另有其人，那就是說，琉璃與姚樂雅其實並沒有任何關係？然而讓人費解的是，凶手爲什麼要僞裝成琉璃的容貌行凶？

又是什麼理由，讓眾人質疑她是凶手時，琉璃仍舊不肯說出自己的來歷？要不是張成遇害時琉璃正好與他們在一起，少女眞的是百口莫辯了。

聽到姚詩雅的詢問，張雨陽也強忍悲傷追問道：「琉璃姑娘，我也想知道眞相。既然妳不是姚樂雅，爲什麼會長得與凶手一模一樣？」

頓時，眾人視線全都聚集在琉璃身上。

既然琉璃願意拿出定神丹救人，那至少少女對張成是沒有惡意的。可眾人卻不認爲琉璃之所以一直跟著他們，是單純好管閒事那麼簡單。

甚至，他們還隱約察覺到，琉璃對敵人的舉動似乎是了然於心。

看著一眾同伴期待的眼神，琉璃苦笑道：「有些事情不是我不想說，而是不能說。」

想不到到了這地步，琉璃竟然還是守口如瓶。眾人失望之餘，也不禁對少女感到些許不滿。

都什麼時候了，還搞神祕，有意義嗎？

看出眾人的心思，琉璃笑著解釋道：「這可不是推搪之詞。我是發過誓的。」

宋仁書聞言撇了嘴，道：「發誓算得了什麼，這……」

「是對著天道發誓喔！」

琉璃話一出，宋仁書便閉嘴了。

普通誓言也許確實沒有任何約束力，是否遵守是很個人的事，然而在「天道」印證下立誓卻是完全不同。萬一違背了天道誓言，到時候絕對會受到天道的制裁。在天道面前，即使是大羅神仙，也只能落得魂飛魄散的下場。

因此，天道誓言是這個世上最安全、處罰也最為嚴重的誓言。甚至不是什麼誓言都能獲得天道的關注，那誓言至少要到達能夠影響國運的程度，才能獲得天道作爲見證。

如果琉璃所言非虛，也就是說，眼前這個小姑娘所守著的祕密，甚至能夠影響到花月國的國運！

眾人驚疑不定間，琉璃嘆了口氣，無奈地提醒道：「你們與其把注意力放在我身上，倒不如著重於佟氏一族，以及另一名神子身上吧？那才是能夠影響大局的關鍵。」

說到這令人頭痛的兩方人物，眾人沉默了。

尤其是宋仁書三人，他們本就是衝著姚樂雅有很大機會是新任神子，因此才如此積極尋人。可在見證了衛家等人的下場後，他們也不知道若眞的找到姚樂雅，到底是不是好事了。

看那位姑娘的復仇手段，絕對是個心狠手辣的傢伙啊！

尤其現在張家被滅門了，張雨陽是否會因爲張成的叮囑而忍耐著不報仇還是未知之數，萬一姚樂雅眞是殺死張成的凶手，而且還又是新任神子，到時二人打起來怎麼辦？

退一步想，萬一姚樂雅真的與佟氏狼狽為奸，到時候又該拿她怎麼辦？甚至，宋仁書他們早已認可姚詩雅這個神子了，要是姚樂雅不願放棄身上的神力，到時候該怎麼辦？他們可不能任由神力一直維持在一分為二的狀態啊！

身為神使，對於兩名新任神子的傳承，他們理應抱持兩不相幫的態度。可是人都是有感情的，就像張雨陽會不由自主地偏向他的父親，宋仁書他們早就把姚詩雅視為主子了。少女的堅毅與善良打動了他們，讓他們打從心底認可，他們可不想再侍奉別人！

因此對於姚樂雅此人，宋仁書三人現在是處於既想找到人，卻又不想找到人的矛盾狀態。

在這方面最沒有負擔的便是白銀，他的目標一向明確，阻擾佟氏一族入侵武林，便是他這個白家莊少主的主要任務！

因此對於尋找姚樂雅一事，白銀的積極度可不比姚詩雅來得低，他道：「雖說涉及十年前的人物死的死、失蹤的失蹤，但我們可以往佟氏一族的方向著手。如果姚樂雅姑娘眞與佟氏有關聯，到時候說不定也能夠探聽到她的下落。」

左煒天皺眉道：「可佟氏那麼陰險，就只懂得躲在幕後玩陰謀詭計，要找出他們的狐狸尾巴只怕不容易。尤其現在姚家都散了，那個王姑娘也……」聽左將軍提及姚家，身旁的宋仁書連忙把手肘狠狠撞在青年腰部，示意對方閉嘴。

但宋才子的動作還是慢了半拍，聽到左煒天提及姚家時，姚詩雅的神色忍不住變得黯然，看得葉天維心疼不已，責難的眼神狠狠瞪向口沒遮攔的左煒天。

左煒天也知道自己說錯話，立即訕訕地閉嘴不語。

祐正風體貼地轉移話題，道：「這點我想不用太擔心，以前佟氏的勾當之所以隱密，是因爲他們一直身處幕後。可現在眾人已知曉他們的存在，只要佟氏再出手，那就會有破綻！」

宋仁書頷首附和：「大哥所言甚是。花月國終究是民心所向，即使佟氏累積再深厚的班底也不足爲患。畢竟他們再活躍，人民也不可能願意再次受到佟氏的統治。因此佟氏對我們來說，最大威脅莫過於遠古蠱獸。」

琉璃向宋仁書豎起大拇指，道：「宋兄看得很透澈嘛！我也覺得首要是讓詩雅姊姊取回另一半神力。只要能夠壓制蠱獸，那佟氏一族便不足爲懼。」

左煒天撇了撇嘴，道：「所以我就說到底該怎樣找人？現在所有線索都斷了，姚家也……我閉嘴、我閉嘴！」看到葉天維抽出劍，醒悟過來的左煒天慌忙住嘴。

宋仁書挑了挑眉，道：「誰說線索全都斷了？」

左煒天「嘖」了聲，道：「你就別每次都要與我唱反調，知情的人都死掉了，這不是明擺著的事情嗎？」

宋仁書翻了翻白眼，道：「你說反了好不好？是明擺著的事情沒錯，可卻不是線索斷了，而是正好相反。張老頭不是與佟氏一族有關聯嗎？那麼，與張老頭走得很近的林門，也許便是一個突破口。」

琉璃頷首贊同道：「無論是張老頭還是姚紫雅，對佟氏一族來說都只是用完即拋的棄子。反倒是林門，卻像是佟氏入侵武林的依仗。」

宋仁書道：「是的。林門要是被佟氏控制，就像在武林中埋下一枚釘子。如果能夠力壓林門的白家被消滅，林門便會成爲統領武林的最大門派……」

聽到宋仁書的分析，白銀抿起嘴，道：「我會盡快把事情通知父親，也是時候召集江湖一眾門派的力量了。」

宋仁書也表態，道：「現在事情的進展已經不是單純迎回神子，而是涉及國家的安危了。即使我們調動朝廷的力量，也並不算違背神使的規定。」

琉璃幽幽嘆道：「想不到我竟有幸能看到江湖與朝廷的首次合作，希望往後不要再出現新的犧牲者吧！」

「不會的。」姚詩雅認眞回答道：「不會再出現這種事情了，我會盡最大的能力，好好保護大家的！」

琉璃愣了愣，隨即露出了燦爛的笑顏，道：「嗯，我相信妳！」

《琉璃仙子卷三．靈族令牌》完

後記

香草

大家好，非常感謝各位購買這本《琉璃仙子03》，也謝謝大家在看完內文後，能夠花時間來看我這篇後記。

首先我們為天藍大人鼓掌，這一集的封面首次出現了三個角色！

神使三人組，在卷三以彩色的姿態華麗亮相了！

老實說，在得知左煒天與宋仁書在封面，而祐正風則安排在封底時，我有想過天藍是不是故意的。（原因不解釋XD）

其實真相是，天藍本是打算讓三人站立在一起的，但因為怕出來的效果會太擠迫，所以最後便把右將軍移去封底，留下宋才子與左煒天並肩在封面了。

所以我來幫天藍作證，這封面並不是她的私心喔！

不知道大家有沒有注意到，在《琉璃仙子》這部小說中有不少飛禽出現？我一直很喜歡「鳥」這種生物，總覺得無論是有著各種花紋與色彩的羽毛，還是流線形的身體，甚至是鳥兒在空中飛翔的姿態，我都覺得簡直就是上帝的傑作！

說到小鳥，最近飼養多年的彩鳳「花仔」過世了，好好安葬了牠以後，我便買了一隻愛情鳥回家，取名黃豆。

黃豆看起來是頭健康活潑的小鳥，來到我家後也一直表現活躍，很愛玩掛在籠子裡的玩具。怎料飼養了數天，牠突然瑟縮在籠底，很辛苦地直喘氣！

雖然父母都認爲小鳥生病便很難醫好，但我還是帶了牠去看獸醫。結果獸醫說情況很不樂觀，讓我要有心理準備……

看到牠那麼辛苦，我忍不住抱著牠在診所哭了。回家後餵了一次藥，晚上便發現黃豆已經到彩虹橋去。

這實在是痛苦又難忘的經驗，雖然飼養小鳥已有十多年，但之前的鳥兒在我發現的時候已安詳去世，這還是我第一次面對寵物辛苦病逝的過程。

後來隔了一段日子，我再購入了另一隻愛情鳥。結果這小傢伙回家第二天便病了，腹瀉不止，整天都很沒精神，羽毛都鬆了起來，同時身上還發現不少羽蚤！萬幸餵了十天的藥，小鳥的狀況一天比一天好。當牠逐漸恢復精神後，餵藥的過程便彷彿成了與牠對戰一樣。每次牠都會死命掙扎，然後我便看著掙脫的小鳥飛啊飛地飛走了……

有翅膀很了不起嗎!?

治好牠的腹瀉後，我便為牠買了一些滅蚤藥。不得不說這藥劑真的很強，噴了以後看著那些羽蚤紛紛被藥力逼出羽毛表面，隨即像下雪般落在地上。羽蚤的問題出乎意料地輕易解決，我為牠取名為「檸檬」，希望牠往後一直能健健康康的！

可惜好景不常，我到北京旅行時把檸檬暫托付給家人照顧，結果檸檬便在旅行的第四天與世長辭了。

由於這幾天都是家人負責照顧，因此我也不清楚牠的死因。根據家人描述，檸檬這段時間很健康，能吃能唱，牠的離去實在太突然了，令我非常難過。

希望下一次，我能夠遇上健康的小鳥吧！

黃豆與檸檬，我會永遠懷念你們的，祈望你們在天國能成爲快樂的小天使。

故事來到第三集，神子最大的敵人「佟氏一族」逐漸浮出水面。

同時這一集也出現了不少新角色，這些新角色中，我最喜歡的是洛芠這個大姊頭。不過她那剽悍的性格，在異性眼中也許便不那麼可愛了。幸好她遇上了溫和純良的張雨陽，小陽子的話，一定會懂得欣賞她的優點吧？

這集的內容有重逢、有愛情，也有戰鬥與勝利。

可卻同樣有些並不歡樂的場景——繼衛家與姚家後，又一個家族被滅門了！

到底滅了這些家族的凶手眞的是姚樂雅嗎？這女孩是否眞的是另一名神子？還有蠱獸與姚樂雅的去向、佟氏一族下一步的行動……

下一集便是《琉璃仙子》的大結局了，這些疑問也將會在下一集獲得解答！

所以嘛，下一集也請大家繼續支持，我們在《琉璃仙子04》再見！

【下集預告】

琉璃仙子

佟氏一族再次現世，武林與朝廷聯手圍攻。
然而蠱獸的出現，卻讓大好形勢瞬間變得難以預料！

擁有另一半神力的姚樂雅終於現身，
她的眞正身分竟然是……

完結篇〈復仇火焰〉．2015年2月，敬請期待～～

國家圖書館出版品預行編目資料

琉璃仙子 / 香草 著.——初版. ——台北市：
魔豆文化出版：蓋亞文化發行，2014.11
冊； 公分.
ISBN 978-986-5987-54-1（卷3：平裝）

850.3857 103010780

fresh FS074

琉璃仙子 03

作者 / 香草
插畫 / 天藍　封面設計 / 克里斯
出版社 / 魔豆文化有限公司
地址◎ 台北市103赤峰街41巷7號1樓
電話◎（02）25585438　傳真◎（02）25585439
網址◎ www.gaeabooks.com.tw
部落格◎ gaeabooks.pixnet.net/blog
電子信箱◎ gaea@gaeabooks.com.tw
投稿信箱◎ editor@gaeabooks.com.tw
郵撥帳號◎ 19769541　戶名：蓋亞文化有限公司
發行 / 蓋亞文化有限公司
法律顧問 / 義正國際法律事務所
總經銷 / 聯合發行股份有限公司
地址◎ 新北市新店區寶橋路二三五巷六弄六號二樓
電話◎（02）29178022　傳真◎（02）29156275
港澳地區 / 一代匯集
地址◎ 九龍旺角塘尾道64號龍駒企業大廈10樓B&D室
電話◎（852）2783-8102　傳真◎（852）2396-0050
初版一刷 / 2014年11月
定價 / 新台幣 180 元
Printed in Taiwan

ISBN / 978-986-5987-54-1

魔豆